"一带一路"沿线国家经典诗歌文库

（第一辑）

主编　赵振江

副主编　蒋朗朗　宁琦　张陵　黄怒波

波斯诗选

沈一鸣　编　张鸿年　等译

作家出版社

译者张鸿年

张鸿年

一九三一年出生，二〇一五年于北京病逝。

一九五六年毕业于北京大学俄罗斯语言文学系，一九六〇年于北京大学东方语言文学系波斯语专业结业（在职学习）。

北京大学教授，多年从事波斯语言文学教学科研工作。一九九二年获德黑兰大学国际波斯语言研究中心文学奖，一九九八年获伊朗阿夫沙尔基金会历史文学奖，二〇〇〇年伊朗总统哈塔米授予中伊文化交流杰出学者奖，二〇〇四年获中国翻译家协会颁资深翻译家称号，二〇〇四年获德黑兰大学建校七十周年纪念奖章。

著有《波斯语汉语词典》（主编之一），《波斯文学史》《波斯文学》《伊朗现代文学》《列王纪研究》及有关波斯文学论文多篇。译有《波斯文学故事集》《蕾莉与马杰农》《蔷薇园》《果园》《鲁拜集》《列王纪选》《波斯帝国史》《伊朗文化及其对世界的影响》《波斯故事》《波斯古代诗选》（主编，译者之一）《四类英才》《列王纪全集》（合译）；汉译波《中国史纲要》（翦伯赞著）《中国故事》《中国伊朗关系史》（《中西交通史料汇编》中有关中国与伊朗部分）。

目 录

总　序

　　二〇一三年秋，习近平主席先后提出建设"丝绸之路经济带"和"二十一世纪海上丝绸之路"（简称"一带一路"）的倡议。"一带一路"一经提出，便在国外引起强烈反响，受到沿线绝大多数国家的热烈欢迎。如今，它已经成了我们在政治、经济和文化生活中最具活力的词语。"一带一路"早已不是单纯的地理和经贸概念，而是沿线各国人民继往开来、求同存异、构建人类命运共同体的幸福路、光明路。正如一首题为《路的呼唤》[1]的歌中所唱的：

　　　　……

　　　　有一条路在呼唤

　　　　带着心穿越万水千山

　　　　千丝万缕一脉相传

　　　　就注定了你我相见的今天

　　　　这一条路在呼唤

　　　　每颗心都是远洋的船

　　　　梦早已把船舱装满

　　　　爱是我们共同的家园

　　　　……

　　习主席关于构建人类"政治互信、经济融合、文化包容的利益共同体、命运共同体和责任共同体"的主张是人心所向，众望所归。联合国将"构

1　《路的呼唤》：中央电视台特别节目《一带一路》主题曲，梁芒作词，孟文豪谱曲，韩磊演唱。

1

建人类命运共同体"写入大会决议，来自一百三十多个国家的约一千五百名贵宾出席二〇一七年五月十四日在北京举行的"一带一路"国际合作高峰论坛，就是最有力的证明。

在国与国之间，政治互信、经济融合、文化包容的基础在民心，而民心相通的前提是相互了解和信任。正是出于这样的理念，我们决定编选、翻译和出版这套"'一带一路'沿线国家经典诗歌文库"，因为诗歌是"言志"和"抒情"最直接、最生动、最具活力的文学形式，诗歌最能反映大众心理、时代气息和社会风貌。"'一带一路'沿线国家经典诗歌文库"是加强沿线各国人民之间相互了解和信任的桥梁。

"'一带一路'沿线国家经典诗歌文库"的创意最初是由作家出版社前总编辑张陵和中国诗歌学会会长骆英在北京大学诗歌研究院院会提出的。他们的创意立即得到了谢冕院长和该院研究员们的一致赞同。但令人遗憾的是，在本校的研究员中只有在下一人是外语系（西班牙语）出身，因此，他们就不约而同地把这套书的主编安在了我的头上。殊不知在传统的"一带一路"沿线国家中，没有一个是讲西班牙语的。可人家说："一带一路"是开放的，当年"海上丝绸之路"到了菲律宾，大帆船贸易不就是通过马尼拉到了墨西哥吗？再说，巴西、智利、阿根廷三国的总统不是都来参加"一带一路"国际合作高峰论坛了吗？怎么能说"一带一路"和西班牙语国家没关系呢？我无言以对。

古丝绸之路是指张骞（前一六四年至前一一四年）出使西域时开辟的东起长安，经中亚、西亚诸国，西到罗马的通商之路。二〇一三年九月七日，习近平主席在哈萨克斯坦纳扎尔巴耶夫大学演讲时，提出共建"丝绸之路经济带"的主张，赋予了这条通衢古道以全新的含义，使欧亚各国的经济联系更加紧密、相互合作更加深入、发展空间更加广阔，从而造福沿途各国人民。至于古老的"海上丝绸之路"，自秦汉时期开通以来，一直是沟通东西方经济和文化交流的重要渠道，尤其是东南亚地区，自古就是"海上丝绸之路"的重要枢纽。习主席建设"二十一世纪海上丝绸之路"的构想使其在新的历史起点上，有了更加重要而又深远的意义。

"一带一路"沿线国家主要包括西亚十八国（伊朗、伊拉克、格鲁吉亚、亚美尼亚、阿塞拜疆、土耳其、叙利亚、约旦、以色列、巴勒斯坦、沙特阿拉伯、巴林、卡塔尔、也门、阿曼、阿拉伯联合酋长国、科威特、黎巴嫩），中亚五国（哈萨克斯坦、土库曼斯坦、吉尔吉斯斯坦、乌兹别克斯坦、塔吉克斯坦），南亚八国（尼泊尔、不丹、印度、巴基斯坦、孟加拉国、斯里兰卡、马尔代夫、阿富汗），东南亚十一国（印度尼西亚、马来西亚、菲律宾、新加坡、泰国、文莱、越南、老挝、缅甸、柬埔寨、东帝汶），中东欧十六国（阿尔巴尼亚、波斯尼亚和黑塞哥维那、保加利亚、克罗地亚、捷克、爱沙尼亚、匈牙利、拉脱维亚、立陶宛、马其顿、黑山、罗马尼亚、波兰、塞尔维亚、斯洛伐克、斯洛文尼亚）。独联体四国（俄罗斯、白俄罗斯、乌克兰、摩尔多瓦），再加上蒙古和埃及等。

从上述名单中不难看出，"一带一路"沿线国家多为文明古国，在历史上创造了形态不同、风格各异的灿烂文化，是人类文明宝库重要的组成部分。诗歌是文学的桂冠，是文学之魂。文明古国大都有其丰厚的诗歌资源，尤其是经典诗歌，凝聚着国家和民族的精神和理想。各国之间的文化交流与经贸往来，既相互交融又相互促进，可以深化区域合作，实现共同发展，使优秀文化共享成为相关国家互利共赢的有力支撑，从而为实现习主席构建人类命运共同体的伟大目标打下坚实的文化基础。

"一带一路"沿线国家多是发展中国家。长期以来，我们一直比较重视对欧美发达国家诗歌的译介，在"经济一体、文化多元"的今天，正好利用这难得的契机，将这些"被边缘化"国家的传统文化和民族精神纳入"一带一路"的建设，充分发掘它们深厚的文化底蕴，让它们的古老文明在当代世界发挥积极作用，使"文库"成为具有亲和力和感召力的文化桥梁。

"一带一路"沿线国家又多是中小国家。它们的语言多是非通用的"小语种"，我国在这方面的人才储备相对稀缺，学科建设相对薄弱；长期以来，对这些国家的文学作品缺乏系统性的译介和研究。从这个意义上说，"文库"的出版具有填补空白的性质，不仅能使我们了解这些国家的诗歌，也使相关的学科建设和学术研究有了新的生长点。

"'一带一路'沿线国家经典诗歌文库"的现实意义和深远影响已经很清楚了，但同样清楚的是其编选和翻译的难度。其难点有三：一是规模庞大，每个国家一卷，也要六十多卷，有的国家，如俄罗斯、印度，还不止一卷；二是情况不明，对其中某些国家的诗歌不是一无所知也是知之甚少，国内几乎从未译介过，如尼泊尔、文莱、斯里兰卡等国；三是语言繁多，有些只能借助英语或其他通用语言。然而困难再多，编委会也不能降低标准：一是尽可能从原文直接翻译，二是力争完整地呈现一个国家或地区整体的诗歌面貌。

总之，"文库"的规模是宏大的，任务是艰巨的，标准是严格的。如何完成？有信心吗？答案是肯定的。信心从何而来呢？我们有译者队伍和编辑力量做保证。

"'一带一路'沿线国家经典诗歌文库"的编译出版由北京大学外国语学院和作家出版社联袂承担，可谓珠联璧合，阵容强大。

北京大学外国语学院是国内外国语言文学界人才荟萃之地，文学翻译和研究的传统源远流长。北大外院的前身可以追溯到京师同文馆（一八六二年）和京师大学堂（一八九八年）。一九一九年北京大学废门改系，在十三个系中，外国文学系有三个，即英国文学系、法国文学系、德国文学系。一九二○年，俄国文学系成立。一九二四年，北京大学又设东方文学系（其实只有日文专业）。新中国成立后，东语系发展迅速，教师和学生人数都有大幅度增长。一九四九年六月，南京东方语言专科学校和中央大学边政学系的教师并入东语系。到一九五二年京津高校院系调整前，东语系已有十二个招生语种、五十名教师、大约五百名在校学生，成为北大最大的系。

一九五二年院系调整时，重新组建西方语言文学系、俄罗斯语言文学系和东方语言文学系。其中西方语言文学系包括英、德、法三个语种，共有教师九十五人，分别来自北大、清华、燕大、辅仁、师大等高校（一九六○年又增设西班牙语专业）；俄罗斯语言文学系共有教师二十二人，分别来自北大、清华、燕大等高校；东方语言文学系则将原有的西藏语、维吾尔语、西南少数民族语文调整到中央民族学院，保留蒙古、朝鲜、日、越南、暹罗、印尼、缅甸、印地、阿拉伯等语言，共有教师四十二人。

北京大学外国语学院于一九九九年六月由英语系、西语系、俄语系和东语系组建而成，下设十五个系所，包括英语、俄语、法语、德语、西班牙语、葡萄牙语、日语、阿拉伯语、蒙古语、朝鲜语、越南语、泰国语、缅甸语、印尼语、菲律宾语、印地语、梵巴语、乌尔都语、波斯语、希伯来语等二十个招生语种。除招生语种外，学院还拥有近四十种用于教学和研究的语言资源，如意大利语、马来语、孟加拉语、土耳其语、豪萨语、斯瓦希里语、伊博语、阿姆哈拉语、乌克兰语、亚美尼亚语、格鲁吉亚语、阿塞拜疆语等现代语言，拉丁语、阿卡德语、阿拉米语、古冰岛语、古叙利亚语、圣经希伯来语、中古波斯语（巴列维语）、苏美尔语、赫梯语、吐火罗语、于阗语、古俄语等古代语言，藏语、蒙语、满语等少数民族及跨境语言。学院设有一个一级学科博士点、十个二级学科博士点和一个博士后流动站，为北京市唯一外国语言文学重点一级学科。学院师资力量雄厚：全院共有教师二百一十二名，其中教授六十名、副教授八十九名、助理教授十六名、讲师四十七名，拥有博士学位的教师一百六十三人，占教师总数的百分之七十七。

从以上的介绍不难看出，北京大学外国语学院的语言教学和科研涵盖了"一带一路"的大部分国家，拥有一批卓有成就的资深翻译家和崭露头角的青年才俊，能胜任"文库"的大部分翻译工作。至于一些北大没有的"小语种"国家，如某些中东欧国家，我们邀请了高兴（罗马尼亚语）、陈九瑛（保加利亚语）、林洪亮（波兰语）、冯植生（匈牙利语）、郑恩波（阿尔巴尼亚语）等多名社科院外文所和兄弟院校的专家承担了相应的翻译工作，在此谨对他们表示诚挚的敬意和衷心的感谢。

有好的翻译，还要有好的编辑。承担"'一带一路'沿线国家经典诗歌文库"编辑出版任务的作家出版社是国家级大型文学出版社，建社六十多年来出版了大量高品质的文学作品，积累了宝贵的资源和丰富的经验。尤其要指出的是，社领导对"文库"高度重视，总编辑黄宾堂、前总编辑张陵、资深编审张懿翎自始至终亲自参与了所有关于"文库"的工作会议，和北大诗歌研究院、北大外国语学院的领导一起，精心策划，全力以赴，保证了"文库"顺利面世。

最后还要说明的是，"'一带一路'沿线国家经典诗歌文库"得到了北大校领导的大力支持。"文库"第一批图书的出版恰逢北京大学建校一百二十周年（一八九八年至二〇一八年），编委会提出将这套图书作为对校庆的献礼。校领导欣然接受了编委会的建议，并在各方面给予了大力支持，校党委宣传部部长蒋朗朗同志从始至终参与了"文库"的策划和领导工作。至于北京大学外国语学院的领导更是责无旁贷地承担了全部翻译工作的设计、组织和落实。没有他们无私忘我、认真负责的担当，完成这样艰巨的任务是不可能的。

"'一带一路'沿线国家经典诗歌文库"第一批诗作即将出版，这只是第一步，更艰巨的工作还在后头；更何况随着时间的推移，"一带一路"的外延会进一步扩展，"文库"的工作量和难度也会越来越大。但无论如何，有了这样的积累，我们完全有理由相信，"'一带一路'沿线国家经典诗歌文库"会越来越好。为了实现这样的目标，我们期待着领导、业内同仁和广大读者的批评指教。

赵振江

二〇一七年秋

于北京大学蓝旗营寓所

前　言

　　伊朗，古称波斯。无论"伊朗"抑或"波斯"，在不同的语境下解读各异。这部《波斯诗选》所说的"波斯"主要指"新波斯语"，即产生于公元九至十世纪的达里波斯语。这一语言延续了此前流传的中古波斯语，即巴列维语的传统，不断融入阿拉伯语、突厥语等词汇，逐渐形成了今天我们所说的新波斯语。在新波斯语发展的历史长河中，波斯文学，特别是波斯诗歌可谓群星璀璨，其文学风格、体裁、修辞和内容在不同时期既有传承又有创新，是世界文学史上一颗闪耀的明珠。

　　按照目前主流划分，新波斯语诗歌发展大致经历了三个阶段。第一阶段是中世纪的波斯古典诗歌时期，年代跨度大约从十世纪至十五世纪。第二阶段是前现代的波斯诗歌时期，从十五世纪开始直至十九世纪。第三阶段为现当代的波斯新诗时期，即从十九世纪至今。波斯古典诗歌时期一般被认为是新波斯诗歌发展最为辉煌的阶段。这期间，波斯文学史上诞生了大量的诗坛巨匠，对今天的波斯文学乃至世界文学影响深远。而十五世纪后，随着波斯萨法维王朝（一五〇一年至一七三六年）重教轻文的政策，波斯诗歌活跃的区域东移至中亚和南亚半岛，在新的自然和社会环境下产生了变化。这一变化主要体现在前现代时期的波斯诗歌一方面承袭了波斯古典诗歌的体裁，另一方面却在内容、修辞和风格上为契合当地语境而有所创新，形成了所谓的印度体。这一时期的作品此前并不受重视，在传统文学评论家笔下评价不高，但近年来渐受关注。此后，自十九世纪伊朗受到西方文学的影响，诗人们彻底打破古典诗歌的体裁和韵律，发展出波斯新诗体。第三阶段的经典作品被收录在穆宏燕教授翻译编纂的《伊朗诗选》（上、下）中，并已出版。

　　本集所收录的作品以波斯古典诗歌为主，起于"波斯诗歌之父"鲁达基，止于波斯古典诗歌的"封印诗人"贾米，共收录诗人十九人。这些诗人的作品体裁包括颂体诗、抒情诗、叙事诗、四行诗、短诗和串珠诗。作品内容涵盖伊朗史诗、苏菲哲诗、宫廷颂诗、民间故事、宗教诗歌等。在诗歌风格上，根据时期和地域可以划分为霍拉桑体、艾拉克体等。可以说，这些作品在一定程度上代表了波斯古典诗歌的最高水平。波斯诗歌之所以如此丰富多样，主要源于新波斯语在表达方式上的全面性和灵活性。在古典时期，无论波斯文学、科学，还是哲学，几乎所有的作品都可能遇上诗歌。换句话说，每一位用波斯语写作的学者都是一位诗人。在本集选录的诗人中，读者会看到他们的身份除了文学家，还有数学家、天文学家、哲学家等。因此，对于波斯古典诗歌，不应仅仅将它们看作文学作品，而更应注意到其所产生的文本背景和附加价值。因此，在下文中笔者将结合历史发展向读者梳理和介绍波斯古典诗歌的几个特点。此外，由于篇幅所限，本集没有收录十五世纪至十九世纪期间的诗歌。但为了更好地衔接波斯古典诗歌和新诗这两部诗集，本文也将简要介绍前现代时期的印度体诗歌。

一、不断发展交织的丰富体裁与多元内容

波斯古典诗歌在早期的流行形式是颂体诗，主要受到宫廷的支持。颂体诗是由阿拉伯传入的一种诗体，一般在十五联以上，篇幅最多至一百联，且有特殊的尾韵规则。本集介绍的第一位诗人鲁达基即擅长颂诗。颂体诗最初主要被宫廷诗人用于赞颂帝王的丰功伟绩，之后便逐渐脱离宫廷场景，如被纳赛尔·霍斯鲁广泛地用于哲学、神学和伦理学目的，而阿维森纳也将其用于阐释哲学思想。通过王室的赞助，颂体诗开始发展壮大，成为当时的诗歌主流。

早期波斯古典诗歌风格被称为霍拉桑体，叙事简明，语言简练朴实。除鲁达基外，本集收录的塔吉基、菲尔多西、法罗西等诗人也是该风格的代表人物。在霍拉桑体之后流行的诗歌风格被称为艾拉克体。这里的艾拉克指的是今天伊朗西部的一个省份。这一风格主要兴盛于十一至十六世纪的伊朗西南部地区，以细腻的描写、丰富的韵脚，以及比拟和铺排的手法而闻名。

在新波斯语诗歌发展初期，受宫廷赞助而发展的另一种诗歌类型是民族史诗。菲尔多西的《列王纪》便是伊朗史诗皇冠上的明珠。塔吉基和

菲尔多西等通过英雄的故事和优美的诗歌为伊朗这片土地上的人民带来鼓舞，激发了波斯民族的认同感和自豪感。

与颂体诗相似，同样受到阿拉伯影响的还有波斯抒情诗体。波斯抒情诗一般为七至十五联。抒情诗的韵律与颂体诗相同，但比颂体诗短小灵活，常用以描写自然风光或抒发内心感受，既可表达爱之美感，也可阐发分离的心痛。这一表现形式让诗人跳脱出宫廷颂诗的束缚，自由地发挥自己的想象，抒发自己的情感。可以说，抒情诗的结构和韵律完美契合诗歌的特征，几乎每一位波斯诗人都不乏抒情诗作品。在经过以鲁达基诗作为代表的发展早期，波斯抒情诗在十三世纪开始兴盛。而伴随着苏菲神秘主义的兴起，抒情诗体逐渐与该思潮相结合，产生了大量兼具浪漫神秘与哲理的佳作。这一诗体的代表人物包括萨迪、哈菲兹和鲁米。

几乎与抒情诗同期，波斯叙事诗也逐渐发展起来。叙事诗主要采用玛斯纳维诗体，每一联的上下两行协韵。这种协韵方式使得全诗的韵脚变化灵活，便于创作长篇叙事诗。菲尔多西的《列王纪》、内扎米的《五卷诗》等皆采用这一诗体。这其中最负盛名的当数莫拉维的《玛斯纳维》。诗人借用玛斯纳维的形式讲述了许多短小的故事和寓言，借此宣传苏菲哲学思想。

四行诗也是波斯古典诗歌一种重要形式。这种诗体源自伊斯兰化前的伊朗，共四行，通常第一、二、四行协尾韵。这一诗体与中国古代绝句颇为相似。波斯诗人常借四行诗怀古阐幽，因此四行诗常留给读者极大的想象空间。波斯四行诗作者最著名的当数欧玛尔·海亚姆。他的四行诗自二十世纪被译介至英语世界后被世界人民所喜爱，在今天的中国已有二十多个译本出版。

除了上述几种诗体，波斯古典诗歌中还有短诗和串珠诗等体裁，由于作品小众，在这里就不一一详述了。

二、看似矛盾的文本传承与"模"而不"仿"

从上文所见，波斯诗歌种类繁多。每位诗人各具特色，所擅长的诗体、内容和修辞皆不同。然而，如果按照时间线观察波斯古典诗歌的发展，读者会注意到后期诗人对早期作品存在着"模仿"行为，即诗人在作品中直接指出该作品借鉴了此前某人的某部作品，如本集所收录的菲尔多西的《列王纪》、内扎米的《五卷诗》、哈菲兹的抒情诗等，皆是后世竞相模仿的对象。诚然，波斯古典诗歌越后期的作者越需要面对愈加庞大的语料库，并且诗歌的传习通常以背诵经典诗歌为基础，因此任何人在创作中都不可避免会借鉴和采用前人及同时代人的语料库。从这个角度来说，模仿在文学创作中在所难免。然而，在波斯古典文学发展史中，模仿不仅是公开、坦诚、有迹可循的，而且模仿的领域涉及作品的主题、体裁、韵律、修辞等各方面。

反观中国古典诗歌创作，中国诗人多以"用典""借古讽今""怀古"等表达与经典的联系，却鲜有借"拟""仿""效"等词坦陈其诗歌创作对前人作品形式、内容和修辞的借用和模仿。因此，中国古典诗人对模仿的避讳与波斯诗人对前辈作品模仿的坦诚形成了强烈对比。

以菲尔多西的《列王纪》[1]为详例。《列王纪》于十一世纪初成书后，后世大部分讲述伊朗古代传说的民族史诗多基于此创作。最初的作品或全篇模仿，或着重讲述其中的一个主题故事，又或针对某个民族英雄和帝王，如伊本·阿比尤黑尔（活跃于十二世纪）的《库什王纪》，卡塞姆（活跃于十三至十四世纪）的《世界征服者传》等。此后，作者们开始根据《列王纪》的叙事形式，借古颂今。有的记录当时的重大历史事件，有的赞颂在位君王的功业，并将这一传统一直延续至十八世纪，其代表作包括帕伊齐（生卒年不详）的《王中王纪》，大不里齐（活跃于十四世纪）的《王中王纪》等。[2]

这其中，内扎米的代表作《五卷诗》中有多部作品即基于《列王纪》所作，内扎米也被认为继承和发扬了《列王纪》所开创的叙事诗创作传统。[3]在第四卷《亚历山大王纪》中，内扎米指出"图斯城博学多闻的诗人"（即菲尔多西）的诗作"把颗颗珍珠琢磨"，有些"未曾钻透"，不感兴趣的就"未曾提及"或未"一一详述"。作者声称自己"重新把这些珍珠连缀"，

---

1 菲尔多西的《列王纪》波斯文名称与本文其他"王书"译名的原文相同。本文为了区分菲尔多西作品与其他作品的不同而采用《列王纪》之名特指菲尔多西的作品。

2 刘英军，《文学对民族记忆的重构——伊朗史诗〈库什王纪〉研究》，博士学位论文，北京大学外国语学院，2015，第23—25页。

3 张鸿年，《波斯文学史》，昆仑出版社，2004，第191页。

且"没有旧调重弹拾人牙慧"。[1] 除了题材，内扎米在这卷作品中还模仿了《列王纪》的韵律。由内扎米的《亚历山大王纪》始，后世诗人又照此作品模仿创作了多部《亚历山大王纪》。

自内扎米的《五卷诗》问世后，无论其中的单行本抑或合集皆成为后世诗人模仿的对象。作为波斯古典诗歌的"封印诗人"，贾米的《七卷诗》模仿了内扎米和阿密尔·霍斯鲁两位诗人的同名作品《五卷诗》的创作方法和风格。例如，贾米直接沿用了《五卷诗》的部分标题，如《霍斯鲁和西琳》与《亚历山大王纪》，并在《蕾莉与马杰农》中采用了与内扎米相同的题名和格律。而以阿拉伯的爱情故事为蓝本的《蕾莉与马杰农》，该作品问世后，以此题材而创作的波斯语诗人据统计多达三十五人，突厥语诗人有十三人，此外还有其他民族语言诗人对此加以模仿。[2] 除了《七卷诗》，从贾米的抒情诗的内容和技法中还可以找到哈菲兹、纳赛尔·霍斯鲁等诸多诗人的影响。其诗歌和散文混合体作品《春园》则是对萨迪的《蔷薇园》的模仿。

由此可见，波斯古典文学史上的模仿现象一直存在。诗人们在坦诚模仿的同时也发挥自身特色，很多作品达到了新高度，并进一步成为后世模仿的对象。在模仿传统的沿袭下，波斯古典文学的模仿行为经过五个多世纪的变化和发展，俨然在贾米所活跃的十五世纪达到了前所未有的最高峰。在十五世纪，诗人们不仅在其作品中明确指出其模仿对象，而且针对同一模仿对象还组织模仿诗赛。对于模仿者来说，最大的成就即被同好们认定其成功模仿了某一位诗人被认为"不可被模仿"的作品。

然而，对于大量"站在巨人肩膀上"的文学作品，只有如内扎米《五卷诗》等少数作品得以达到或超越原作水平，从而成为新的文学经典。这类作品模仿的成功似乎与今天学界所强调的"原创性"相矛盾。如果拨开"模仿"一词的迷障，从波斯文学文化史的角度看待其模仿行为，则会发现这一行为背后的理论基础是波斯古典诗学中的"神授"思想。早在《列王纪》中，作者菲尔多西即已提及人的这种神赋语言能力。[3] 此后的苏菲学者，特别是内扎米、贾米等人更从哲学角度深入探讨和强调语言的优越

1　张鸿年，《波斯文学史》，第 192 页。

2　张鸿年，《波斯文学史》，第 190 页。

3　穆宏燕，《波斯古典诗学研究》，昆仑出版社，2011，第 168 页。

性和神圣性。甚至在擅长抒情诗的哈菲兹的作品中也可以找到一些零星的史学思想，表达出自己的诗歌天赋完全来自神赐。[1]如果众生皆为真主的仆人，一切成果皆为真主所赐，那么文本皆平等，即模仿的作品与被模仿者之间并无先后和优劣之分。由此，在"神授"的诗学思想下，波斯诗人将读者的注意力引至文本本身，从而使读者不必再纠结于模仿和被模仿者之间的比较和评判。

在汉语中，"模仿"一词实由"模"与"仿"两字组成。"模"在《说文》中解为"法"，原指制造器物的模子，后引申为"范式、榜样"；"仿"为"相似""效仿"。也就是说，"模"指的是外形相同，而对模中所灌注的内容并没有特殊要求。"仿"则更强调两者的相似性，针对细节和内容。波斯古典诗人的创作策略实则"模"而不"仿"。形式上的相似意在不断提醒世人波斯诗歌的本源，同时也为作者在保持传统的前提下留足发挥空间，发展个人风格。

三、贯穿其间的苏菲思想

苏菲思想，又称伊斯兰神秘主义思想。"苏菲"原意为穿粗羊毛的人。苏菲神秘主义提倡苦修，克己忍让，行善济人。苏菲思潮最先产生于阿拉伯半岛，十世纪传入伊朗，并开始逐渐影响波斯诗歌的创作。从十世纪末到十六世纪初的这段时期里，波斯苏菲们将阿拉伯苏菲思想与本土神秘主义思想相结合，创造出具有当地特色的苏菲理论与实践，发展了一批影响颇大的苏菲教团，更创作出大量内容丰富、语言优美的苏菲文学作品。该时期的波斯苏菲文学主要由诗歌和散文[2]两大部分组成，前者按体裁一般分为叙事诗和抒情诗，后者除关于苏菲主义理论和实践的论文和书评之外，还包括了大量的苏菲长老的传记、布道集和书信集。

尽管散文类作品有助于苏菲理论发展的研究，但苏菲神秘主义在实际宣传时则更多地以诗歌为载体。诗歌丰富的修辞手法让诗人可以形象生动地阐述苏菲思想，诗歌的韵律特点可以让人们更加容易地记诵和吟唱。抒

---

1 穆宏燕，《波斯古典诗学研究》，第179页。
2 按照波斯文学通常的定义，除诗歌以外的几乎所有的文学体裁都称为散文，包括神话、小说、游记、传记、论文、书评等。

情诗将苏菲哲学的理论与实践相结合，用情歌的形式表现苏菲神秘主义体验，以展现爱情之美，讴歌爱情，由此表达对真主之爱，以及接近所爱之体验。而通过叙事诗，诗人们通过故事中闪现的哲理启发和劝诫信徒为人处世的原则以及一心向主的修行道路。

在波斯文学史上，纵观这一时期的作家，无论是否为苏菲信徒，其文学创作或多或少都带有苏菲主义色彩。学界认同的波斯古典文学"四大支柱"中，除菲尔多西外的其他三人，即莫拉维、萨迪和哈菲兹皆受到苏菲哲学的影响。莫拉维继承了阿塔尔和萨纳伊两位苏菲诗人前辈的传统，无论在抒情诗还是叙事诗上都具有极强的苏菲思想。莫拉维抒情诗的主题是歌颂信徒对真主的爱。他认为信徒应当一意专注自己的内心修养，摈弃一切尘世俗念，一心向主，方可达到"无我"的境界，与主合一。而莫拉维的六卷叙事诗《玛斯纳维》则利用许多短小的民间传说、历史典故或宗教故事宣传苏菲思想，如本集收录的《伽兹温人文身的故事》《文法学家与船工》等。这些故事看似相互间并无联系，但诗人通过各类故事引出结论，最后皆归结为苏菲思想，即指出信徒要一心行善敬主，远离世俗。

与莫拉维几乎同时代的萨迪也擅长抒情诗和叙事诗。不同的是，莫拉维作为苏菲教团的首领，其作品具有强烈的苏菲思想宣教色彩和功能，而萨迪作为一名云游四海的达尔维什所宣扬的是人道主义关怀，即对普通人的爱。由此可见，萨迪虽然也是一位虔诚的苏菲，但却从底层人民的角度来看待敬主和修行。一方面，萨迪赞扬贫苦的圣徒应洁身自好，另一方面也讽刺一些宗教人士的虚伪和避世消极的生活态度。这看似与莫拉维所宣扬的一心向主的苏菲思想相矛盾，但通过《果园》中"敬主无非是为民效力"的诗句，萨迪给出了其观点背后的逻辑。由此，萨迪将苏菲弃世苦修的宗教态度引导至匡时济世的入世方向，从另一个角度解读了苏菲思想。萨迪对苏菲思想的解读很可能与其在乱世中四处游历、在平民百姓中传经布道的经历有关。当时身逢蒙古入侵，萨迪在游历过程中目睹百姓疾苦，大约认识到苏菲修行中所肩负的社会责任感，进而着重宣扬人道主义而扭转以个人修行为主的敬主方式。无论是抒情诗，还是叙事诗，萨迪通过阐释君主对百姓的仁爱，歌颂人与人之间的善良和仁慈，强调教育对社会和人的思想塑造，提倡了个人对社会的责任。

"诗坛四柱"最晚一位苏菲诗人哈菲兹则专长于抒情诗，即以神秘主义的爱情诗形式表达爱主过程中的狂喜。这其中，哈菲兹的酒歌以美酒和小酒馆为意象和场景，通过侍酒人的倾诉，抒发世俗爱情和神秘而狂放的神爱。当然，哈菲兹的诗歌感情充沛，采用了多种修辞，天马行空的语言使读者对诗歌的理解也大相径庭。虽然大部分读者和评论家将哈菲兹诗歌中抒发的情爱解读为人与真主之间的爱，但也有部分读者并不认同这一观点，如稍晚于哈菲兹的贾米，以及美国思想家爱默生（一八〇三年至一八八二年）等。[1] 然而，无论何种解读都没有妨碍苏菲信徒们利用哈菲兹抒情诗歌颂真主，宣扬神爱。

在哈菲兹之后，不得不提到本集收录的最后一位诗人贾米。贾米虽出自纳格什班迪耶教团，但其不仅在宗教界，同时在宫廷和民间都具有广泛的影响力。贾米的作品数量众多，分为诗歌和散文两大部分。正如前文所述，他的诗歌模而不仿，集前辈古典诗人之大成，并发挥出自身特色。同莫拉维和萨迪相似，贾米在抒情诗和叙事诗皆有佳作，借抒情诗表现对真主之爱，用叙事诗劝诫教导。而就诗歌风格而言，贾米的诗歌相比莫拉维更直白浅显，较接近萨迪的风格。然而仔细对比两者的苏菲思想也略有不同。

以贾米公开声称模仿萨迪《蔷薇园》的《春园》为例。从章节顺序看，萨迪以帝王品性开篇，后根据社会阶层由上而下讨论达尔维什的品性，以及知足、寡言、爱情、教育和交往等普世价值。如前文所述，萨迪虽为苏菲达尔维什，但实际上并不赞成圣人苦修独善其身，而是倡导入世济人的积极态度。正如萨迪所说，"这念珠与破袍不足为据，/ 重要的是为人不能伤天害理"。[2] 在《春园》首章，贾米讲述了苏菲圣人和长老的故事，第二章的主题是哲学家，第三章方才讨论帝王之德。即使在第四章"对慷慨美德的赞誉"主题下，贾米也不忘借对道德的赞美劝诫世人一心向主。例如，贾米告诉慷慨之人，慷慨的施舍实际上来自真主："尽管斋饭来自老爷的手掌，给予斋饭的是真主。/ 如果指望吃斋饭的人们感激，这不是正途。/ 他只是食物的碗和勺，/ 碗和勺最好不收谢意。"[3] 对比萨迪在《蔷薇园》中对各种品德的赞美，贾米的《春园》尽管内容跨度颇大，但始终以对苏

1　张鸿年，《波斯文学史》，第 251 页。
2　萨迪，《蔷薇园》，张鸿年译，商务印书馆，2019，第 96 页。
3　贾米，《春园》，沈一鸣译，商务印书馆，2019，第 66 页。

菲哲学和实践的宣传为中心。这一顺序安排体现出作者更重视认主修行胜过道德和知识。

由此可见，苏菲思想对波斯古典诗歌影响深远，且波斯苏菲诗歌具有如下几点共性：在诗歌体裁上，诗人通过抒情诗表现神爱，在叙事诗中用动物寓言、讽刺等手法来阐释哲理；在诗歌内容上，由于不依赖权贵且拥有宗教支持的社会地位，苏菲诗人们在文学创作中被赋予了更多的表述空间和表达自由；在表达方式上，云游四海的苏菲深入普罗大众，在语言上多采用简单通俗的词汇，甚至是地方方言，由此逐渐形成了苏菲文学特有的不同于宫廷颂诗的语言风格；在文学表现上，由于苏菲哲学作品呈现出或"出格"，或"犀利"，或"夸张"的表现形式，在吸引读者的同时，其"疯狂"外衣下的文字又暗藏苏菲作家冷静的思考和对社会现实的批判。当然，在上述这些共性之外，每一位诗人对于苏菲思想的理解并不完全相同，这些不同也体现在他们的诗歌中。有的诗人提倡避世修行，一心向主，有的诗人则倡导救世济人，宅心仁厚。至此，苏菲诗人们借助苏菲哲学思想，用丰富而自由的表达方式赋予了作品更多的想象空间，由此形成了独具特色的波斯苏菲古典诗歌。

随着十六世纪波斯萨法维王朝中央集权统治的建立并将什叶派定为国教，当地的政治形势已经不再适合苏菲主义的发展了。波斯苏菲思想和实践受到了主流的什叶派思想的强大威胁和驱逐，其教团和活动中心也被迫转移出萨法维王朝的统治范围，向东扩展至中亚和印度巴基斯坦地区，向西走向小亚细亚地区。波斯苏菲文学在经历了近五个世纪的辉煌之后在伊朗本土渐趋平静，波斯诗歌的发展也经历了从古典诗歌向印度体的转变。

四、后古典波斯诗歌与印度体

印度体又称萨法维体，初现于帖木儿王朝（一三八〇年至一五〇〇年）后期，也就是诗人贾米时期。之后在十六十七世纪开始繁荣，并一直延续至十八世纪中叶，基本包括了波斯萨法维王朝时期和印度莫卧儿王朝（一五二六年至一七五七年）时期。在地理区域上，该文学体裁覆盖了西至土耳其、东至中亚和印度次大陆的广阔区域。在这两个半世纪里，各地涌现出大量的诗歌作品，这一方面是由于地域广泛、诗人众多，另一方面更是由于诗人的多产。[1]

虽然这一时期诗歌的主流是波斯语，创作主体是伊朗人，地域上看也是以伊朗为中心，但是这种诗歌体裁仍旧被定名为"印度体"，体现了印度次大陆在其中发挥的重要作用。究其原因是由于萨法维王朝建立后将什叶派定为国教，官方对传统宫廷诗人失去兴趣，致使后者失势而远走他乡，来到奥斯曼帝国和印度莫卧儿帝国的宫廷效力。而印度的莫卧儿王朝一直都有支持波斯文学的传统，长期保持着鼓励和培养伊朗诗人的良好环境。仅在印度阿克巴尔王统治时期，就有五十一名伊朗诗人从波斯前往印度，被印度宫廷收留。目前，尽管对定名问题仍有争议，但多数学者还是延续了传统，称这一时期的诗歌体裁为印度体。

在印度体最辉煌的二百年中涌现出众多诗人，一般将他们按照时间分为前期、中期和后期诗人，其中最著名的代表人物有萨伊伯·大不里士、卡里姆·喀山尼、彼戴尔等。以下从主题思想、语言、修辞等方面讨论印度体诗歌的特点。

在诗歌的主题和内容上，印度体诗人开辟了新的领域，相较于霍拉桑体和艾拉克体更加丰富和宽广。萨法维王朝时期最流行的诗体是抒情诗，但内容并不局限于传统上对情感的抒发，而是涉及伦理、社会、哲学、神学等方面。此外，诗作中充满了对生活微妙、细腻、锐利的体会和观察，以及机智和巧妙的转折。因此，诗歌有时表现出诗人思想的彷徨和跳跃，让读者有应接不暇、不知所以然之感。例如："昨晚当你离开我，我没有感觉；/ 因为你就是生命，生命的经过（流逝）不留一点声音。"（哈辛）又如："我扔掉我的盾牌，因命运在反抗面前是那么无力，/ 我不会挑战一个懦弱的敌人。"（纳兹里）

在诗歌语言上，第一，印度体诗人创造出一系列新的韵脚以及组合词。由于印度体诗歌流行于不同文化相交融的广阔地域，因此各地诗人在创作中充分发挥了丰富的想象力；而对于母语非波斯语地区的波斯语诗人，不同的文化生活背景也促进了波斯语词义的扩展和创新。例如：bi ar āmadan 的本义是"到期，结束"，bi sar-i… āmadan 在印度体时期就有了"来到某人床边"的新含义。

第二，"韵脚的反复"，即印度体诗人在同一首诗中重复使用含有韵

1　详见张鸿年，《波斯文学史》，第 302 页。

脚的词语。在此前的诗歌创作中，与此相反，诗人们将重复的韵脚看作大忌，并以此衡量诗人的文学功底。但是，印度体诗人们为了创新求异，即使在篇幅短小的抒情诗中也对重复的韵脚毫不避讳。例如，萨伊伯在他的一首四行抒情诗中，就两次出现了"Shīshi"（玻璃）这个韵脚。有时，在一首仅八行的抒情诗中，甚至有两个韵脚发生重复。

第三，语言更加世俗化和平民化。虽然此前的古典诗人，特别是苏菲诗人也曾尝试用生活语言创作，但是诗歌语言的世俗化在萨法维王朝时期成为诗歌创作整体趋势，街头语言、俗语被大量运用在该时代的诗歌中。然而，很多俗语的理解在历经了几百年的时间变迁后已然被人们遗忘，这也就造成了当今读者对部分印度体诗歌语意的困惑，并由此产生印度体诗歌"朦胧、生僻"的评价。

在修辞手法上，隐喻（暗喻）被认为是印度体在波斯文学史上最大的创新。一些来自生活却没有引人注意的细微元素，如钟表的玻璃、风筝和纸花等，与一些在生活中常见但过去并不认为适合出现在诗歌中的事物，如画上的花儿和鸟儿、地毯上的花纹，都被融入到这一时期的诗歌中。同时，一些凭借想象创造出的奇异事物在诗歌中的运用也非常流行，例如"飞走的色彩"。此外，夸张、抽象等修辞手法在印度体时期也达到了登峰造极的程度，如"紫罗兰色的尖叫"这样的表述颇具超现实主义色彩。

总的来看，印度体诗歌从产生到流行直至最后的结束仅仅经历了两个多世纪。由于这一过程的持续时间过短，虽风格和特点突出，但相比于漫长的波斯古典诗歌发展史则缺乏深厚的文化积淀和历史传承。当然，印度体诗歌也是波斯文学史上不可缺少的一环，可以看作是波斯古典诗歌发展至顶峰后，在回落过程中一种自然的反应和尝试。

综上所述，波斯古典诗歌诗人辈出，作品争奇斗艳。随着时间的流逝，这些作品不仅没有失去光彩，相反，随着诗歌的翻译和全球化的进程，不断被传播到世界的各个角落，受到世界各地文学爱好者的喜爱。在中国，沿着古代丝绸之路，萨迪的诗歌早在十四世纪即已在杭州吟唱。阿塔尔、鲁米、贾米等人的诗作也在中国被传播和研习。今天，这一部《波斯诗选》延续中伊两国的文化交流传统，在"一带一路"的倡议和指引下精选波斯古典诗歌，再一次向国人展现波斯古典诗歌的多彩与辉煌。

鲁达基

（约八五八年至九四一年）

　　鲁达基，全名阿布·阿卜杜勒·贾法尔·本·穆罕默德·鲁达基。诗人可能自幼双目失明，但聪慧过人，精通诗歌和音律。鲁达基早年四处游历，后被召至布哈拉担任宫廷诗人。但由于宫廷斗争，于晚年被逐出宫廷，在贫困中去世。

　　鲁达基被誉为"波斯古典诗歌之父"，其作品数量颇丰，且形式多样，包括四行诗、颂体诗、抒情诗和叙事诗等。遗憾的是，今日残存的诗歌不足两千行。鲁达基的诗歌语言朴实，韵律和谐。其中，《暮年》《酒颂》等长诗被人们广为传诵，标志着新波斯语诗歌创作开始走向成熟。

暮 年

我满口牙齿已颗颗磨损脱落，

不，不是牙齿，是明灯光华四射。

洁白如银，像两排晶莹的珊瑚和明珠，

雨珠儿似的清新，晨星般光芒闪烁。

如今，满口牙齿已经一颗不剩，

什么缘故？莫非冲撞了灾星？

没有冲撞灾星，也不是由于岁月消磨，

全是命中注定，我该如何对你述说？

人世原本就如此往复循环，

天长地久，它永远不停地旋转。

如同人身体不适需医治病痛，

老病痊愈，又有新症滋生。

时光流逝，新生的全变得陈旧不堪，

陈旧老朽的又会恢复青春的容颜。

多少荒野曾是繁花似锦的花园，

葱郁的园林转眼变成荒冢一片。

呵，乌黑鬓发低垂的姑娘，

你可知道我当初是什么模样？

如今你对我炫耀卷曲的秀发，

可知我当年的鬓发也卷曲秀长。

当初，我的面颊如丝绢般细嫩柔软，

我的鬓发也黑得如同漆一般。

呵，青春的光彩，如朝思暮想的挚友，

这匆匆的过客，一去再不回头，

娇艳的美女都对我投来惊羡的目光，

如今我却为了容颜衰老而深深忧伤。

一去不返了，那欢乐愉快的时光，

日日嬉戏，哪知人间有忧伤惆怅。

挥金如土，袋内有数不清的金银，

城中陪伴的都是玉乳酥胸的美人。

香冽的酒浆，姣美的容颜，艳丽的面庞，

世人企望的福分，任我尽情地享受。

我胸怀锦绣，有惊人的才华，

出口成章，犹如把珠玉抛撒。

纵情欢笑，从不知忧愁滋味，

胸襟豁达，时时在欢乐中陶醉。

多少美女生就一副铁石心肠，

我的诗使她们像丝缕般情深意长，

我赏识顾盼的都是秀发姑娘，

我侧耳聆听的都是高雅的词章。

无家室之累也无内心之忧，

了无牵挂，享受着欢畅自由。

呵，美丽的姑娘，你只见鲁达基如此恓惶，

可知他当初是什么模样？

你是从未见他在世界上遨游吟咏，

且行且唱，犹如歌声婉转的夜莺。

与他交往的都是达官贵人，

公卿贵胄都争相做他的知音。

我的诗总是受到朝廷的欣赏，

我的诗总是得到国王的赞扬。

我的诗不胫而走天下传诵，

霍拉桑诗人就是我的美名。

哪里有伊朗的名门贵人，

总会邀我做客，酬我马匹金银，

我享尽了人间的荣华富贵，

这都是承受了萨曼家族的恩惠。

一次，霍拉桑国王赏我四万金币，

亲王玛康又加赠五千谢礼。

其他相知挚友又赠我八千，

富贵尊荣已经达到顶点，

那时，国王宽仁大度慷慨相赠，

臣僚们也恭献金银谨遵王命。

如今，时过境迁，我改变了模样，

四方乞讨，伴我的只有手杖与饭囊。

张鸿年　译

人间寿命有短长

人间寿命有短长，
寿终正寝一命亡。
或生饥馑贫寒地，
或长温柔富贵乡。
待到一命呜呼日，
富贵贫贱谁衡量？

劝说君王返回布哈拉

空中飘来姆里扬河水的芳馨，
芳馨带来多情故人的问讯。
阿姆底河岸沙硬石坚，
踏在脚下却似丝绸般柔软。

阿姆底河水多情地迎接故人，
涉渡时还不会淹及马身。
布哈拉，你欢笑吧，愿你福寿绵长，
君王快马扬蹄就要回到你的身旁。
君王如同明月，布哈拉恰似苍穹，
明月总是时时遨游太空。
君王好似松柏，布哈拉犹如花园，
松柏在园中才能郁郁成长。
赞扬与歌颂君王定会得到封赏，
虽然库中金银不免向外流淌。

知　识

自从辟地与开天，
知识人人苦钻研。
智者时时求学问，
求学广用四方言。
求得知识记心间，
石斧牢牢刻高山。
祛灾避祸防身甲，
有如明灯心头悬。

面对壁龛又有何益

你面对壁龛又有何益？
心中思念的是布哈拉和塔拉兹美女，
真主感受的是你的爱情困惑，
而未承受到你虔诚的心意。

离　愁

呵，葱郁的青松，离愁似狂风肆虐咆哮，
似乎要将我生命之树连根拔掉。
如若你不生就波纹滚滚的秀发，
我岂会心醉神迷把性命轻抛。
凭我这贱躯残命怎配动问，
一吻你红玉般朱唇价值多少？
离愁，恰似投向我心扉的一团烈火，
熊熊烈焰要把我的心儿烧焦。

张鸿年　译

塔吉基

（约九三五年至九七七年）

塔吉基，全名阿布·曼苏尔·塔吉基，是萨曼王朝时期最著名的诗人之一。塔吉基是其笔名，意为"准确的"。作为宫廷诗人，塔吉基是第一个受命接受创作波斯史诗《王书》的诗人，但却仅完成了一千余联即遇害身亡。这一工作此后由他的同代人菲尔多西接任完成，后者在《列王纪》中肯定了塔吉基的为人，但也批评了其诗文风格与伊朗民族史诗风格不符。可以说，塔吉基在波斯古典诗歌早期发展中起到了承前启后的作用。

四　宗

世上事物万种千般，
我只把四宗挑选；
红宝石般的朱唇，
竖琴的低吟，
玫瑰色的酒浆，
和琐罗亚斯德教的信仰。

两种宝贝

要靠两种东西夺取社稷江山：

一种是刀剑，一种是金钱。

国王的名字铸在金币之上，

铸刀制剑应用也门淬火的纯钢。

谁若想为王雄踞天下，

便应时时奔波劳碌不图闲暇。

他言语应亲切动听，手头应该大方，

心头即使怀恨也应爱波荡漾。

江山社稷犹如一只猎物，

苍鹰与怒狮都无法将它捕获。

要捕获这只猎物需两种宝贝，

以钢刀夺取天下，用金币缚住它的腿。

谁若有运气、钢刀与金币，

出身皇族，生有伟岸的身躯，

还应有理智，应慷慨与英勇，

不然，天下岂会白白落入手中。

张鸿年　译

菲尔多西

（约九四〇年至一〇二〇年）

　　菲尔多西，全名阿卜杜·卡西姆·菲尔多西·图西，是伊朗民族史诗《列王纪》的独立作者，该作品奠定了诗人在波斯文学史乃至世界文学史中的地位。菲尔多西出生于霍拉桑省的图斯附近，早年经历不详。诗人于公元九七七年前后受命开始续写《列王纪》，几经波折，于一〇一〇年完稿。菲尔多西晚年生活不顺，死后葬于家乡图斯。《列王纪》的内容可分为神话传说、勇士故事和历史故事三个部分，全长六万余联，共二十多个主要故事。自问世以来，《列王纪》对波斯文学、语言和历史等方面影响深远，不仅保持和复兴了波斯语言和文化，同时还兼具史学价值。

关于搜集《列王纪》的材料

该交代的似乎已件件说完，
但是还要请你留心注意一点。
我要说的前人都已说过，
人人都到园中采摘知识之果。
如若我在一棵大树下无缘驻足，
也无法为采撷果实攀上树枝。
但若有人能在枣树下站立，
枣树就会为他遮阳供他休憩。
有棵柏树枝杈伸展投下树荫，
我或能觅一席之地在柏树下栖身。
我要写这部尽人皆知的皇家诗篇，
为的是在世界上留下一个纪念。
不要以为我写的纯系杜撰，
也不要认为是应景的无稽之言。
其中有些符合理智的判断，
另一些色彩神秘难以看穿。
有一部从古至今传下的名书，
这部书中的故事难以胜数。
如今，故事撒落到祭司们之手，
明智之士都到处把故事搜求。
有位贤人，他本出身贵族，
胸襟豪爽豁达，为人聪明大度。
他有兴趣探讨古代人的生活，
凡往昔陈籍他[1]都悉心搜罗。

1　他：指诗人故乡图斯城总督阿卜·曼苏尔·穆罕默德·本·阿卜杜列扎格。

他从各个城市请一位年长祭司，
请他们合力把此书编排整理。
向他们询问凯扬家族[1]的情形，
让他们述说这个家族的英雄。
向他们询问这个世界的缘起，
为何它如今变得如此不尽如人意。
古人鸿运当头的时光如何结束，
那时候，他们是多么雄壮威武。
那些祭司桩桩件件对他言讲，
讲过去的世界与往昔的君王。
当那将军听了他们的叙述，
就决意命人写出一本巨著，
这本书留在世上作为纪念，
朝野上下无不对它交口称赞。

1　凯扬家族：在传说中建立了波斯第二大王朝即凯扬王朝。

论《列王纪》

风吹日晒使坚固的高殿华堂，
也墙倒屋塌，倾柱断梁。
而我以诗文构筑了一座华殿，
它任凭风雨剥蚀却安然无恙。
我以这诗把世界装点得美如天堂，
以前，无人把诗的种子播撒在大地上。
三十年，我日夜辛苦备尝，
我以这波斯语拯救了伊朗。
你可以看到，此书将世代流传，
它定会得到智者的夸奖颂赞。
谁若有理智，他定会阅读此书，
此书会世代相传，万世不朽。
作为纪念，诗文将在世上永存，
诗文比无价宝石还贵重几分。
我以此诗使过去焕发新的生命，
此书记述的都是过去的贵人英雄。
请勿将此书视作杜撰的寓言，
也不要把它视为一时无稽之谈。
此书内容与理智完全符合，
有心人细读定然获益良多。
在此以前，人们进行波斯诗歌创作，
但无一人能写上三万联诗歌。
我在世上以这一联联的诗行，
以我的天赋使诗歌放射光芒。
写好此书我保存整整二十年，

等待配承受的人，以便向他奉献。

现在，离先知出走五个八十——四百年整，

最后把书写完，大事告终。

暴君佐哈克与铁匠卡维

佐哈克日日夜夜不得安宁，

口中喃喃自语，心里老想着法里东[1]。

法里东高大身躯吓得他心惊胆战，

他担心前途艰险，害怕失掉江山。

一天，端坐象牙宝座上朝登殿，

头上戴着一顶翡翠王冠。

他召来各地的公卿贵族，

求他们维护社稷鼎力相助。

然后他对各位祭司开口发言，

说你们都是志士仁人，大智大贤。

我有一个敌人正在暗中活动，

指的是谁聪明人一听便懂。

此人年龄虽幼但见多识广，

他出身高贵又兼英勇豪爽。

虽然今天此人年纪尚轻，

但先哲教导要牢记心中：

敌人虽然暂时力微势单，

但是千万不能把他小看。

世上没有力弱势微的敌人，

要当心一朝自己气数耗尽。

我要加强和扩充我的大军，

让军中有百姓也有神鬼仙人。

我要设法训练一支劲旅，

将百姓与神鬼全编在一起。

1　法里东：伊朗王族的后代，佐哈克杀死他父亲，惧怕他报仇并夺取王位。

筹组军旅你们应协力相助，

为此事我忍受了过多的痛苦。

现在，我请列位写一份证词，

写明国王的作为都是仁政、善事。

写明我讲的都是名言至理，

我躬行德政，桩桩于民有利。

正直的人们慑于国王的威风，

出于无奈，只得俯首领命。

写好证词向被蛇[1]折磨的人奉献，

作证的人中有老年也有青年。

这时，只听国王宫廷门前，

人声鼎沸，有人连声喊冤。

侍从把喊冤人带上宝殿，

让他站在公卿贵族面前。

国王脸色一沉，开口动问：

"你喊冤叫屈控告的是何人？"

来人以手击头，说："我是个铁匠，

要告的就是你，一国之王。

我匆匆赶来，为的是乞求公道，

你折磨得我痛苦不堪忧愁心焦。

你若能心怀仁义，施行仁政，

你的威望与尊严会与日俱增。

但你把我百般折磨，作恶多端，

像时时将一把匕首插在我心间。

你把我的儿子捕捉入宫。

这岂不是对我的迫害欺凌？

我一生共有儿子一十八个，

十八个就剩眼前这一个。

---

1 蛇：指暴君佐哈克，他肩头生出两条毒蛇，以人脑为食。

饶了他吧，请看我的处境，

失掉爱子使我内心阵阵灼痛。

陛下，请告诉我犯了什么王法，

如若我奉公守法，万勿滥施刑罚。

陛下请看我的处境多么悲惨，

你切不可一意孤行自寻麻烦。

命蹇时乖，压得我弯腰弓背，

丧失希望，使人痛苦心碎。

如今我家门无后断绝了香烟，

人无子嗣与世界联系中断。

压迫欺凌总该有节制分寸，

道理在手才能把别人惩办查究。

你有何理由把我如此欺凌？

陷我于深重的灾难与困境之中。

我不过是个安分守己的铁匠，

国王却点把烈火投到我的头上。

你是国王，即使是毒蛇一条，

也应秉公办事，主持公道。

陛下是普天之下七国之王，

缘何总让灾难摊到我们头上。

要捉我之子也应依照先后次序，

如此行事岂不令天下人诧异。

难道依照先后次序又轮了一遍，

又轮到我把儿子向你奉献？

难道又轮到我儿之脑喂你的毒蛇，

又该他为民赴难，我把爱子割舍？"

国王听完他这番话语，

心中不禁感到阵阵惊异。

但还是把他儿子立即放还，

想以此博得铁匠内心欢喜。

然后命令把那份证词交给铁匠，

想以此证明自己是贤明君王。

铁匠把证词匆匆扫了一眼，

然后飞身冲到公卿贵族面前。

他已不再惧怕王上国君。

大吼一声："好一伙恶鬼般众臣！

你们莫不是准备去投地狱？

为什么竟屈从了他的旨意？

这证词内容句句失真，

我看国王绝不是有道之君。"

他怒吼着，全身剧烈颤抖，

一把将证词撕碎踩在脚下。

随后他把爱子带在身边，

冲出王宫，口中不停地呐喊。

这时，殿上众公卿拥上齐声高呼：

"陛下仁义圣明是大地之主。

陛下神威远震，天府也惧你三分，

你征战厮杀之时寒风也不敢近身。

为何一个铁匠胆敢涨红脸叫嚣，

冒犯陛下，如此无理吵闹。

那证词乃是我等一片心意，

他竟敢蔑视证词践踏在地！

他扬长而去，满腹愤恨不满，

真好像法里东已主宰江山。

我们从未见过这类粗暴举动，

如此桀骜不驯着实令人震惊。"

凯扬王朝的国王听完，开口回答：

"请听我说，此事我也感到惊讶。"

随后，他又对公卿这样开言：

"我担心光明的日子会陷入黑暗，

当卡维突然出现在宫门之前，

当我耳中听到他的呐喊，

仿佛只有我与他对峙在大殿，

我们中间似乎横起一座铁山。

当我见双手在头上猛击，

便看出了他此行的来意。

天晓得我今后会落到什么境地，

无人能洞察秘而不宣的天机。"

再说卡维跨步走出国王宫殿，

黎民百姓立即拥到他的身边，

他大吼一声，奋力高呼，

号召众人挺身把正义维护。

铁匠胸前系着一条皮革围裙，

那是怕打铁受伤，系围裙护身。

卡维把围裙挑到枪尖，

就从市场上发难，揭竿造反。

他高声呼喊，把长枪挥舞在手中，

"正直的人们，你们都崇敬上天神明。

谁若不愿忍受佐哈克的压迫欺凌，

他就应拥护并且支持法里东。

让我们去找法里东，远道投奔，

在他的齐天洪福荫庇下安身。

让我们离开这里，国王本是恶鬼。

他内心里与造物神明为仇作对"。

于是他靠那条普通的皮制围裙，

认清了朋友，识别了敌人。

四方豪杰勇士纷纷前来投奔，

他居然组织了一支浩荡的大军。

因为他知道法里东在什么地方，

所以他统率军队径直前往。

他们一行人来到新首领住处，
远远看到首领便齐声欢呼。
法里东看到枪尖上皮制的旗，
便知这是预示吉祥的天意。
用罗马锦缎把旗杆装饰，
旗色染成金黄，缀上珍珠宝石。
把旗高擎过头，有如一轮月亮，
王上奠定国基，事事如意吉祥。
在旗杆上挂起红黄紫彩带，
人称此旗为皇家御旗。
从那以后不论何人得了江山，
头顶上戴起君王的冠冕，
便照例把那一颗颗珍珠宝石，
缀到那普通的铁匠之旗上面。

鲁斯塔姆与苏赫拉布的故事

一、故事的开端

现在，其他故事你已听完，

请听鲁斯塔姆与苏赫拉布之战。

这段故事凄凉悲惨催人落泪，

心软的人都把鲁斯塔姆责备。

恰似狂风一阵凭空卷起，

把鲜嫩的香橼扫落平地。

你说它狂暴无道还是正直公平，

是巧意安排还是粗鲁昏庸？

若把死亡称作公平那什么是不公？

既然公平合理为何还有不平之鸣？

你的心智无法明了这一秘密，

帷幕后深藏的大谜无由寻觅。

人人都想走进希望之门寻求谜底，

但大谜之门对谁都不曾开启。

你去了，可找到更适意的地方？

到了彼世怎么能够平静安详？

如若死神前来把人造访，

无论年老年幼一律土中埋葬。

正像烈火一团猛然喷吐火舌，

火舌自然会把一切吞没。

让烈火高烧吧，万物在火中诞生，

枯枝上抽出嫩芽郁郁葱葱。

死期若至如同腾起烈焰，

年老年幼哪个也休想幸免。

难道注定年轻人在世上得意洋洋？

难道注定年迈的命丧身亡？

当死神一把将你拖上马鞍，

这是命运不许你片刻迟延。

你要懂得这是天公地道而非不公，

既是公正裁决何必无谓抗争。

在死神面前本不分老少，

待到清算时历历分明不爽分毫。[1]

如若信仰的光辉照彻你心底，

默默承受吧，你本就是个奴隶。

问真主祈拜吧，或向他忏悔，

这一切都是为末日预作准备。

真主的安排对你本不属秘密，

但鬼迷心窍你便与主离异。

你在世上切勿虚度终生，

临走时留下虔诚正直的美名。

现在让我叙述苏赫拉布的征战，

看他们如何刀兵相见父子相残。

二、古什达哈姆上书卡乌斯[2]

古什达哈姆见苏赫拉布收兵，

连忙传令快把文书官相请。

请他给国王写书信一封，

选派个下书人立即启程。

1　这一段是诗人借苏赫拉布年轻战死而发的感慨。

2　鲁斯塔姆未见过面的儿子苏赫拉布率军进攻伊朗，意在寻父，一路乘胜前
　进，长驱直入，攻至重镇白堡，白堡守将古什达哈姆上书国王卡乌斯告急。

信中开头先向国王致以敬意，

然后通报近日战况消息。

说现在我们遭重兵进攻，

来将个个是英雄好汉惯战能征。

敌军中有一位万夫不当之将，

看模样年纪并不在十四岁以上。

他身材魁梧头高过翠柏，

面如日月有一派照人的风采。

他身形如同猛狮高大雄壮，

在波斯也找不到这样的勇将。

当他手执印度钢刀厮杀搏斗，

大海为之颤抖山也吓得低头。

他的喊声赛过震撼天地的迅雷，

钢刀也敌不过他强劲的手臂。

在波斯与土兰找不到这样的好汉，

勇士英雄一个个都要败在他面前。

这位勇士之名叫苏赫拉布，

他不惧妖魔能使狮象屈服。

冷眼看去他简直就是鲁斯塔姆，

难道这位英雄竟出自纳里曼家族？

当这位主帅率军奔袭进击，

指挥他的复仇大军来到这里。

哈吉尔将军连忙整束披挂，

翻身跨上他的飞奔的战马。

他奔到阵前向苏赫拉布扑去，

但三招两式就看出他无法匹敌。

那将军占了上风只在转瞬之间，

迅速得如同一阵香气入鼻。

苏赫拉布轻舒两臂把他擒下马鞍，

旁边的人都惊异不止呆呆观看。

如今哈吉尔被俘身陷敌营，

皮肉受苦内心想必十分痛苦。

看来世上无人能敌这员小将，

除非巨象般光荣的将军[1]走上战场。

能抵挡这小将的当今只有一人，

就是要请扎尔之子鲁斯塔姆出阵，

土兰的将官我也见识过许多，

但像这样的将军还未见过。

两军阵上只要这员小将出阵，

再勇猛的战将也会被他生擒。

我不想与他旷日持久地较量，

花岗石的山峰也难把他阻挡。

战斗厮杀时他催马猛冲，

那威武的气势足以压倒山峰。

如若陛下只知议论推迟派兵，

不急图良策不遣将出征，

波斯的江山社稷则危在旦夕，

朗朗乾坤会被扫荡血洗。

他会自恃力强令我们纳贡称臣，

因为天下没有能与他匹敌之人。

谁都没见过这样的马上将军。

或许萨姆将军能与他相提并论。

他的大棒厉害身手确实不凡，

我们军中再无人能与他交战。

这是天不助我们恰逢厄运，

这小将却红星高照气势凌云。

今夜，我要收拾行囊与辎重，

趁昏黑撤离堡垒退至内地国中。

1　将军：指鲁斯塔姆。

如若我们拖延数日作无谓牺牲，

不向陛下报告前线的实情，

这堡垒也同样会被他攻克，

连狮子遇到他也感到畏惧惶惑。

书信写就又加盖了印信，

天黑启程，频频叮嘱下书之人，

说派你下书你赶紧动身前往，

安全通过敌营明晨送交国王。

送走下书人携信动身而去，

古什达哈姆立即安排撤离。

他知道暗中有退路一条，

路在堡垒下是条秘密通道。

他收拾一切钻入了暗洞，

在那秘密通道中消失了身影。

古什达哈姆和他的军旅家人，

当夜都从那地道中撤离脱身。

三、苏赫拉布袭击卡乌斯大营

勇士之首听哈吉尔之言近乎无理[1]，

便不正面看他，背过脸去。

他转脸不语一言不发。

对方隐瞒了实情没讲真话。

突然，他举起拳头朝哈吉尔猛击，

打倒哈吉尔他立即回营而去。

他思绪繁多心中充满忧愁，

反复思索想着即将到来的战斗。

1　苏赫拉布攻至伊朗首都，战前与降将哈吉尔观看伊方营盘，哈吉尔说苏赫拉布不是鲁斯塔姆对手。

他心中充满愤恨整装披挂，
把一顶黄金王冠从头上摘下。
全身穿好甲胄防备敌人刀枪，
拿一顶罗马头盔戴到头上。
他带好强弓套索与长枪，
还拿上神鬼惧怕的大棒。

他怒气填膺双颊涨得通红，
跨上战马立即向前奔腾。
战马呼啸而去如山崩地陷，
直扑战场如同怒象一般。
他奔驰而出渴望厮杀征战，
马蹄下的灰尘直冲霄汉。
转眼间他已冲到敌营之中，
眼看威胁了卡乌斯大营。
接近大营之后高举长枪，
枪尖儿挑起中军大帐。
这边的勇士如狼见狮子一般，
个个面现惧色不敢上前。
波斯的勇士们在旁观望，
无人敢上前把他抵挡。
人们见他手执马缰足踏马镫，
都惧怕他神力与长枪的威风。
波斯的勇士围聚在一起，
都说此将与鲁斯塔姆无异，
无人胆敢上前正面阻拦，
无人胆敢挺身而出与他争战。
这时苏赫拉布高喊一声，
叫一声卡乌斯历数他的罪行。
他说：呔，你听着卡乌斯国王，

你也配领兵来到两军战场。

你怎么配叫凯卡乌斯[1]，

战场上你无法力敌雄狮。

我只消抖动我手中长枪，

就让你手下兵将四散逃亡。

当让德被害在酒席宴前，

那晚我已当众立下誓言：

我要斩尽波斯的将官兵丁，

我要用绞架给卡乌斯送终。

波斯勇士哪一个手段高强，

来来来，与我在战场比武较量。

英勇的格乌、古达尔兹、图斯，

古什达哈姆、菲里波尔兹卡乌斯之子，

骑士鲁斯塔姆天下的名将，

还有勇士赞格举世无双。

他们如今安在？何不来逞一逞威风，

让我们在这战场上一决雌雄。

他这厢声声喝喊高叫挑战，

波斯方面鸦雀无声无人搭言。

这时苏赫拉布又驱马前行，

眼看逼近波斯的中军大营。

他一探身枪尖只轻轻一拨，

大营的七十颗地钉颗颗松脱。

那营帐的一角已经倒塌倾斜，

四面号角嘶叫声声不歇。

卡乌斯一见大惊失色高声喊叫，

说高贵的勇士们大事不妙。

快去人告知鲁斯塔姆，

---

1 凯卡乌斯：凯扬王朝国王卡乌斯。

说这个土兰人谁也无法对付。

我手下勇士无人与他匹敌，

波斯无人能把他阻挡抵御。

图斯领命去向鲁斯塔姆传递消息，

向那勇士传达国王的心思。

鲁斯塔姆说凡是国王传唤，

不是命我去搏杀就是召我赴宴。

但卡乌斯国王却与他人不同，

他下令必然是命我领兵出征。

于是他下令备好拉赫什骏马，

又命令兵丁儿郎准备上阵厮杀。

鲁斯塔姆从帐中向外观看，

只见格乌驰马飞掠过草原。

鲁斯塔姆整一整拉赫什的马鞍，

古尔金在旁催促不要迟延。

列哈姆把他的大棒紧紧绑牢，

图斯也已把他的铠甲穿好。

他们彼此催促说刻不容缓，

鲁斯塔姆在帐中已听到叫喊。

心想这岂不是去斗魔鬼阿赫里曼，

只一人便吓得全军乱作一团。

他迅速穿好自己的虎皮战袍，

用御赐的腰带紧束起腰身。

他跨上战马拉赫什冲上前去，

拉瓦列留守营中代理军机。

鲁斯塔姆说你任留守不可轻动，

等我派人向你驰报军情。

兵丁高举战旗，战旗高高飘扬，

鲁斯塔姆威风凛凛奔赴战场。

鲁斯塔姆见苏赫拉布身躯臂膀，

像勇士萨姆一样魁梧雄壮。

他对苏赫拉布说我们到那边战场，

那边是块空地平坦宽敞。

苏赫拉布心中不禁怒气冲冲，

听了来将之言催马向前移动。

他掠过敌兵队伍直奔战场，

一心要拼斗不住地摩拳擦掌。

他对鲁斯塔姆说，我们去到一旁，

找个地方你我二人比武较量。

波斯土兰双方都不派兵将，

一个对一个看谁手段高强。

战场之上可不是你逞强之地，

我手起拳落你未必经受得起。

别看你身躯魁梧膀大腰圆，

但已年迈体衰步入老年。

鲁斯塔姆乘机把来将打量，

见他手臂强劲有力镫低腿长。

鲁斯塔姆说黄口小儿出言休得无礼，

你可知地上阳光温暖地下阴风凄凄。

我虽年迈但我饱经战阵，

多少兵将被我击溃打翻，

多少妖魔鬼怪断送在我手中，

两军阵前我还从未落在下风。

交手之前你要把我仔细看清，

若不死在我手下便可力战恶鲸。

我一生征战跨过江海攀过高山，

也曾与土兰勇士几番决战。

我的业绩群星可以作证，

抖抖威风世界在我脚下震颤吃惊。

人们见我拼斗厮杀无比欢畅，

还以为我开怀畅饮在酒席宴上。

我从心中泛起对你的怜悯，

使你身首异处我于心不忍。

土兰国找不到你这身躯臂膀，

在波斯你这身材也是举世无双。

听了鲁斯塔姆这番话语，

苏赫拉布似有些回心转意。

他开口说我有句话问你，

你可要如实相告心口如一。

请你告诉我你的亲族世系，

实言相告我才感到满意。

我猜想你准是鲁斯塔姆，

你定然出身尼拉姆家族。

鲁斯塔姆答道我不是鲁斯塔姆，

我并不出身尼拉姆家族。

我是无名小卒他是英雄好汉，

我身下无宝座头上也无王冠。

苏赫拉布的希望变为失望，

朗朗白日顿时变为一片昏黄。

四、苏赫拉布惨死于鲁斯塔姆手下[1]

他们二人又一次把战马系牢，

厄运此时在他们头上笼罩，

命运不济一个人处处为难，

花岗石也变得如同蜡样松软。

1　鲁斯塔姆年老力衰不敌土兰小将苏赫拉布，交手之后被其打倒在地，苏赫拉布举刀要刺之际，鲁斯塔姆骗他说按惯例真正的勇士不杀第一次击倒之敌，于是苏赫拉布放了他。这是他们二人再战的场面。

他们二人重又搏斗厮杀起来，
双方都紧紧抓住对方腰带。
苏赫拉布统帅有矫健的身手，
但天不作美气数到了尽头。
鲁斯塔姆怒从心起探出巨掌，
一把抓住那战豹的项颈臂膀。
他用力把年轻勇士腰身压弯，
也是命中注定小将全身瘫软。
鲁斯塔姆猛地把他打翻在地，
提防着他会奋力挣扎站起。
唰地从腰间拔出一把匕首，
在聪明的儿子身上划开血口。
每当你心起杀机恶生胆边，
你的匕首就会被鲜血沾染。
如若天命意欲置人于死地，
你身上的汗毛也根根竖起。
年轻人身躯一挣一声长叹，
与人间善恶从此永远绝缘。
他对对手说我这是自作自受，
我命当绝不过是假你之手。
不应怪你要怪伛偻的苍天，
它让我出生又匆忙把我送入黄泉。
我的同龄人还在优游嬉戏，
我这样身强力壮却要葬身地底。
母亲让我把父亲信物带在身边，
此生无缘再不能与父亲见面。
我想见生父到处把他寻觅，
如今一死带走对他的情意。
我身躯虽亡但心中怀有遗憾，
临死也无缘见到生身父亲。

纵然你变为海洋中的游鱼，

或者化为黑夜的漆黑的阴影，

或者离开大地升上高空，

变为高挂苍穹的一颗星星，

当我父发现我已黄土掩身，

也定会前来为我报仇雪恨。

那些公卿贵人朝中的文武，

会把这信物带给鲁斯塔姆，

告知他苏赫拉布已被打翻在地，

临终时还把他探听寻觅。

鲁斯塔姆闻听此言大吃一惊，

登时眼前昏黑人事不省。

他只觉得身躯一软跌倒在地，

失去了知觉当场昏死过去。

等恢复了知觉时开口动问，

声音颤抖话语中伴着呻吟。

快告诉我你有什么鲁斯塔姆信物，

我不配为勇士真是奇耻大辱。

我就是鲁斯塔姆，我没脸活在世上，

让萨姆之子[1]为我送终举丧。

他撕掠着头发不住地号叫，

胸中热血沸腾痛苦心焦。

苏赫拉布见他如此激动，

也猛然身向后仰人事不省。

醒来后他说：原来你就是鲁斯塔姆，

你居然杀死我，这样狠毒。

我曾想方设法向你探询，

但你咬定牙关毫不动心。

1　萨姆之子：指扎尔，鲁斯塔姆之父。

现在你可以把我铠甲解开，

使我的身体裸露出来。

你会看到你的玉符戴在我手臂，

看我承受你这父亲什么恩惠。

当初金鼓齐鸣我率军出征，

母亲泪流满面忧心忡忡。

她因我出征而痛苦哭泣，

把这玉符系在我的手臂。

她说这是父亲的信物，

珍藏在身边日后定有用处。

如今可以它为证但又有何益，

儿子在父亲面前眼睁睁死去。

鲁斯塔姆解开铠甲看到玉符，

顿时悔恨交加撕开自己的衣服。

他说军中勇士人中的英雄，

万想不到你竟在我手中丧生。

他悲痛得乱扯自己的头发，

血泪合流抓土往头上抛撒。

苏赫拉布说一切已于事无补，

遇到这事何必落泪悲泣。

切不要这样枉然摧残自己，

过去的事就让它成为过去。

当光灿灿的太阳已然西坠，

鲁斯塔姆尚未从战场返回。

军中派出二十名勇士前去打听，

打听战场上的经过情形。

只见两匹战马在战场伫立，

马浑身是土却不见鲁斯塔姆踪迹。

这二十人在战场寻找勇士，

不见鲁斯塔姆在马上奔驰。

他们料想鲁斯塔姆已然牺牲，
勇士们低垂下头悲痛充满心胸。
于是拨转马头去给卡乌斯报信，
说只见坐骑不见鲁斯塔姆本人。
霎时间军营中哀声四起，
人们心头充塞着悲痛与焦急。
卡乌斯国王下令鼓角齐鸣，
统帅图斯闻讯走出大营。
国王卡乌斯向军士传下命令，
说速去战场查看实际情形。
快去看是否苏赫拉布占了上风，
他若得手必将危及我们都城。
如若勇士鲁斯塔姆死于敌手，
波斯还有什么人去与他拼斗。
我们要像贾姆席德一样逃亡，
一起向荒野与山岗四处流浪。
现在我就应该集合全军，
出其不意倾全力袭击敌人。
当波斯军中众人乱作一团，
苏赫拉布对鲁斯塔姆开言：
现在，我的寿命已濒临终点，
土兰军士面临风云骤变。
愿你能发善心劝阻国王，
不要派兵穷追把我军杀伤。
他们跋涉奔袭全是受我鼓动，
是我统领他们到波斯远征。
我曾以胜利前景赋予他们希望，
鼓励他们使他们始终斗志昂扬。
著名的勇士呵，我何承想，
在生身父亲手下魂飞命丧。

我希望他们从此地平安撤军，
愿你们以礼相待不视为敌人。
我曾抛起套索把一名勇士捕获，
关在监牢至今也未放出。
我多次向他打听你的踪迹，
我猜想当时看到的是你。
可是他却胡编了一通谰言，
让他受世人唾弃遗臭万年。
他的话使我完全失望，
青天白日登时一片昏黄。
他是个忠心耿耿的波斯将军，
你不必找他计较去报仇雪恨。
临出征时母亲给了我个信物，
我虽收下但没有看重这个玉符。
这也是际遇命运在冥冥中写就，
我注定要命丧自己的生父之手。
我来如闪电去似一阵轻风，
或许天堂之上再与你欢乐相逢。
我从痛苦中解脱气绝身亡，
眼中含着热泪心中充满悲伤。
鲁斯塔姆猛地跳上马鞍，
心中充满悲戚嘴里一声长叹。
他因自己的行为而深感痛苦，
高声嘶叫着冲向自己的队伍。
当波斯将士见到鲁斯塔姆，
他们都以额触地俯首行礼。
他们都称颂鲁斯塔姆的神威，
赢得一场恶战平安返回。
但是见他那副模样满头灰尘，
无精打采撕破了战袍与衣襟，

不禁发问：搏斗结果如何？

为何心绪不佳如此闷闷不乐？

他于是说出发生的那桩怪事，

他搏斗中亲手杀死了爱子。

众人一听惊奇得一片喊叫，

这时，大军统帅立即人事不省。

苏醒来他向众将表明心迹，

说如今我已经力竭神疲，

你们不要再与土兰人交战，

我今天所作所为已够令人心寒。

这时拉瓦列来到鲁斯塔姆近前，

他也全身衣服撕破疲惫不堪。

鲁斯塔姆见兄弟如此悲痛，

立即向他讲述杀子的详情。

说我深深痛恨自己的所作所为，

这是遭到报应惩罚我的大罪。

人到暮年杀死爱子自己的亲人，

亲手断了自己之后斩草除根。

我一刀刺破年轻孩子的心肝，

苍天也为之垂泪他死得好惨。

鲁斯塔姆这时向胡曼发出信息，

说让我们都把钢刀收藏到鞘里。

他对拉瓦列说你去照应对方队伍，

要警惕谨慎切不可大意疏忽。

事已至此还有什么话可说，

只愿从此不再厮杀两罢干戈。

他用心险恶未对苏赫拉布讲明，

才使我陷入烈火烧灼的悲痛。

鲁斯塔姆又嘱咐自己的兄弟，

说聪明的勇士请你立即前去。

你护送胡曼直送到河边，

对任何人也不要发作不满。

拉瓦列闻言立即动身前去，

向胡曼转达了鲁斯塔姆的本意。

胡曼听了他的话这样回答：

想不到苏赫拉布惨死刀下。

都怪哈吉尔这个歹毒小人，

他不讲真话欺骗了将军。

苏赫拉布曾向他打听父亲行踪，

他用心险恶不把事实讲明。

是哈吉尔害了我们促成了悲剧，

应该把他开刀问斩使他身首异处。

拉瓦列听了又来见鲁斯塔姆，

把胡曼之言对他一一叙述。

鲁斯塔姆闻言大吃一惊，

两眼发黑登时天地晦暗不明。

他举步离开战场把哈吉尔找到，

一把揪住他的衣领把他摔倒。

随即抽出一把寒光逼人的匕首，

想手起刀落割下他的人头。

众将一拥上前为他求情，

苦苦哀求总算救他一命。

鲁斯塔姆从那里又回到战场，

赶到被刺死的儿子身旁。

众将官都跟随在他身后，

图斯、古达尔兹和古什达哈姆。

众人见状都想方设法解劝，

为使他宽心他们一一开言。

说事到如今只得求上苍保佑，

求上苍使你逢凶化吉为你解忧。

鲁斯塔姆顺手又抽出匕首，

想用匕首割下自己的头。

众将见此情状一拥上前，

拖住了他，他们也哭得血泪斑斑。

古达尔兹说如今纵让你随他而去，

但你此举又有什么真正意义？

你就是把自己砍得遍身伤痕，

也丝毫无助于那惨死的贵人。

如若命运不把他置于死地，

你们父子还能够生活在一起。

如若命中注定他命丧身亡，

请睁眼细看谁能永生在世上？

不论戴着头盔还是头戴王冠，

你我都是猎物到时无一幸免。

大限一到人人都要离开人世，

离开以后一切情形便一无所知。

将军呵，人生在世有谁能获永生，

我们倒是要为自己而垂泪悲痛。

我们是同路人无论路短路长，

一时结伴，分手后各奔他乡。

五、鲁斯塔姆向卡乌斯求药

这时，鲁斯塔姆请求古达尔兹，

说我的光荣而明智的勇士。

请代我给卡乌斯转达信息，

说我这里遭到了什么打击，

鲁斯塔姆用匕首把儿子心肝刺破，

这样的人本不应再在世上生活。

望你念我一生效忠朝廷，

体谅我此时的悲痛心情，
请赏我一剂宝库中的灵丹妙药，
那妙药有起死回生的功效。
万望把良药一剂与清酒一杯，
交与派去之人给我带回。
托陛下洪福我儿或许再生，
那他会像我一样为陛下效忠。
古达尔兹闻言后如一阵迅风，
把他的话说与卡乌斯听。
卡乌斯闻听对古达尔兹开言，
说鲁斯塔姆乃军中上将一员。
我不忍心见他遭此不幸，
因为他赢得了我的尊敬。
但我若把灵丹妙药送到他手中，
妙药救了那剽悍勇士的性命，
鲁斯塔姆便不再把你放在眼里，
他也肯定会把我置于死地。
既然终有一天他会给我带来灾难，
他遭此横祸我们何必多管。
你没听他说图斯有什么了不起，
他连卡乌斯国王也不放在眼里。
那送了命的苏赫拉布也气势汹汹，
以王冠宝座发誓率兵出征。
他曾对我说我让你枪下命亡，
我把你的头颅吊在绞架之上。
世界虽大但容不下他的气焰，
他肩宽背厚又兼身手不凡。
他岂愿在我宝座前躬身侍立，
他怎能听从皇家命令低声下气。
不管是保国的忠良还是英勇的将军，

我可不愿对他妄发善心。
不久以前他对我谩骂无礼，
使我在军士面前颜面扫地。
如若他儿子性命能够得救，
我所得到的仅仅是黄土一抔。
你没有留心苏赫拉布的狂言，
便不是饱经战阵的大将有真知灼见。
他扬言断送成千波斯人性命，
要对卡乌斯活活施以绞刑。
如若此人性命得以保全，
那就给朝野贵贱带来灾难。
在世上谁若是对敌人宽纵，
便会在人间永远留下骂名。
古达尔兹听了国王这番议论，
去见鲁斯塔姆似疾风一阵。
他说国王禀性恶毒不肯救助，
他的心似一枚毒果结在毒树。
他性格粗暴乖戾不得人心，
见人遇难不肯伸手助人。
你应亲自前去向他当面求情，
这样也许能把铁石心肠说动。

夏沃什的故事[1]

一、夏沃什出生

日月如梭这样过了一段时光，
那妃子的面颊上渐渐泛出红光，
妃子怀胎九月终至一朝分娩，
生了个男孩美得似太阳一般。
左右连忙报告了卡乌斯国王，
如月的美人带给你如意吉祥。
她为陛下生一贵子，贵人贵命，
陛下的宝座该高耸入天庭。
这王子的面颊似天仙般漂亮，
他的脸上闪烁着火样的红光。
普天下都传说这男孩好看，
夸赞他的美发及面颊眉眼。
国王取夏沃什为王子之名，
愿苍天相助保佑他一生。
国王下令宣召经验丰富的占卜之人，
晋见后先向他致意表示慰问，
请他预卜星相推测吉凶，
看此子一生途程际遇穷通。
术士细察星相发现命中主凶，
不禁心中犯难默不作声。

1　夏沃什的故事:《列王纪》中著名的四大悲剧之一。夏沃什的悲剧反映了
　　古代统治阶级的宫廷罪恶以及围绕王权争夺的斗争。夏沃什是深受同情
　　的人物，至今，伊朗东部仍把一种红色野花称为夏沃什。

他见此子一生顺境不多逆境难免，
只有靠真主保佑赐他事事平安。
他把王子命运对他父王一一讲明，
详详细细描述了他的前程。
事有凑巧这日正值鲁斯塔姆晋见，
他有事面君来到国王殿前。
他说王子天生俊秀乃皇家后裔，
请交我抚养我定然竭尽全力。
既然宫中找不到照料此子之人，
请交我抚养，我定然尽力尽心。
国王闻言半晌沉吟不语，
心想这未必不是可行之计。
于是向勇士托付了宝贝心肝，
愿他长大成人主宰社稷江山。
塔赫姆坦[1]把他带回扎别尔斯坦，
在一座花园中为他修了座宫殿，
教他骑马射箭及套兽的技艺，
教他拢缰认镫驾驭坐骑。
教他交往礼仪宴饮应酬，
教他捕捉猎物放鹰驱狗。
教他断狱判案处理国务军机，
率军布阵以及对人的言谈话语。
桩桩件件一一把他教导，
他也用心苦学付出巨大辛劳。
夏沃什日见进步迅速成长，
这样的王子堪称举世无双。
随着口月飞逝他已长大成人，
勇敌雄狮两臂膂力万钧。

---

1 塔赫姆坦：鲁斯塔姆的绰号，意为大力士或壮士。

他对尊敬的鲁斯塔姆这样开言，

说我如今想见我父王一面。

你千辛万苦终于把我培养成人，

教我般般技能使我成为国君。

如今，父王应该召我入宫，

看巨象般勇士教我什么本领。

雄狮般勇士为他备办行装，

又派出信使传告四面八方。

从各地调集仆人与马匹金银，

筹集钢刀王冠腰带与印信。

筹集各种衣物各种被服地毯，

以及各色礼品一一备办齐全。

凡是鲁斯塔姆的仓库中缺少之物，

都派人筹办一切准备充足。

然后，送他启程登上大路，

还派了兵马沿途照料卫护。

鲁斯塔姆也随王子一道前去，

以免国王担心挂念忧虑。

国内城乡到处悬灯结彩，

悬灯结彩迎接王子到来，

人们把香料与黄金搅拌在一起，

兴高采烈地向王子头上撒去。

普天之下到处欢声雷动，

处处喜气洋洋把王子欢迎。

阿拉伯良种马的蹄下撒满金币，

波斯一片欢腾不见一人垂头丧气。

人们用酒调和藏红花与麝香，

涂在马鬃上表示如意吉祥。

二、夏沃什从扎别尔斯坦返回

当人们把消息报告卡乌斯国王，

说王子夏沃什已经走在回程路上。

国王传旨格乌图斯率领军士兵丁，

欢迎王子，并吩咐鼓角齐鸣。

于是所有的勇士都遵旨会齐，

图斯与皮尔坦[1]在两边肃然侍立，

一行人缓缓来到大殿之上，

陪青松般的王子叩见父王。

这时，卡乌斯国王来到殿上，

只听一声高呼众人闪到两厢。

大殿上的仆役手执香炉熏香，

手抚前胸向他送去崇敬的目光。

每个角落都恭立三百名仆役，

中间是一棵秀柏挺拔翠绿。

只见黄金珠宝抛撒满地，

齐声欢呼向王子表示敬意。

夏沃什见卡乌斯端坐在象牙宝座，

头上的王冠红宝石晶莹闪烁。

连忙伏身施礼向父王致意，

拜倒在父王面前久久不起。

施礼已毕起身来到父王身边，

国王把他的头揽在胸前，

与他谈起鲁斯塔姆教导不易，

示意让他坐在一个翡翠宝座上。

1　皮尔坦：意为大象般的勇士，是鲁斯塔姆的绰号。这里从上下文看，鲁斯塔姆不应出现在欢迎的人群中，因他是随王子前来的，正走在路上。

见他这身躯臂膀，见他仪表堂堂，

见他谈吐不俗，气宇轩昂。

不禁心中赞赏，暗暗称奇，

口中夸赞流露出称心满意。

看他虽年龄尚幼并未成年，

但却聪明伶俐心有主见。

连忙伏身跪倒感谢真主，

感谢真主对他的关怀佑助。

他一面称谢一面向主祈祷：

呵，宇宙主宰理智之主，爱情之主！

一切善意都是你的意志的体现，

愿你永赐王子遂意平安。

全国的公卿贵胄都携带礼品，

兴高采烈赶来朝见国君。

一见夏沃什皇家气派个个称奇，

他们齐声称颂这是真主的赐予。

国王传旨三军的将士兵丁，

戎装列队对王子表示欢迎。

在花园大殿在月台前厅，

里里外外人们一片欢腾。

到处是一派热闹的节日景象，

摆酒设宴响起丝竹弹唱。

国王传旨开宴隆重庆祝一番，

皇家酒宴着实是盛况空前。

喜庆的酒宴整整持续七天，

到第八天打开库门犒赏银钱。

国王下令拿出库中一切财产，

诸如印信钢刀宝座与王冠。

阿拉伯骏马配上白杨木马鞍，

防身的甲胄和征战的衣衫。

一个个钱袋盛满金币银币，
还有绫罗绸缎世上的珠宝珍奇。
除了王冠，赐予一切金银财宝，
要授予王冠，他年龄尚小。
一切都赏给夏沃什祝他如意称心，
愿真主降恩保佑他万事顺遂，
国王一连考验他整整七年，
证明他正直高尚是合意人选。
第八年才下令给他准备金冠，
织锦的腰带和赤金的项链。
在白绫上书就一份诏书，
一切都依照皇家成例与习俗。
国王交付给他古老的"山地"，
让他戴上王冠，主宰社稷。
"山地"乃是当年那里的名称，
如今此地称作河中地区。

三、苏达贝爱上夏沃什

光阴荏苒，这样又过了一些时光，
国王朝夕看着夏沃什内心欢畅。
一天，卡乌斯正与王子对坐谈心，
恰巧，王妃苏达贝迈步进门。
苏达贝一见夏沃什长的模样，
不由自主顿时心神飘荡。
她一霎时心乱如麻千头万绪，
有如冰块儿烤火，水珠下滴。
她后来找个机会派人通报音讯，
告诉夏沃什王妃要会见他本人。
说你若择日造访国王后宫，

那并不算是什么越礼的事情。

派去之人把口信如实传递，

王子一听心中就充满怒气。

他说我可不是上后宫走动之人，

我非鼠窃狗偷之辈，这是何居心？

次日清晨苏达贝亲自奔忙，

她款款而来面见卡乌斯国王。

她说大军统帅奴婢的王上，

陛下可称万古一人举世无双。

王子也神武英俊天下无比，

普天下人都羡慕你的福气。

你应派他去看一看后宫，

让后宫嫔妃姐妹对他表示欢迎。

你应叮嘱他到后宫造访，

前去后宫勤把姐妹们探望。

后宫的姐妹盼望见他一面，

盼得心中焦急，双眼泪水不干。

我们为他祈祷为他准备了礼品，

对他的崇拜与敬意充满我们内心。

国王对她说："此话言之有理，

你就是母亲，对他应爱护培育。"

国王召见夏沃什对他叮嘱吩咐，

说都是一家骨肉切勿冷落生疏。

神圣的造物主把你如此造就，

只要一看到你人们就喜在心头。

创世主赋予你显贵的世系门庭，

你这样尊贵正直的王子世上从未诞生。

苏达贝见到你便感到可亲，

这因为是一家人天生的缘分。

我的后宫中还有你的众姐妹，

苏达贝对你犹如慈爱的母亲。

后宫中的众姐妹都是你的亲人，

你应时常去后宫小坐探视问讯。

夏沃什一听国王这番话语，

他久久凝视国王，闭口不语。

他口虽不言但心中暗自思量，

心想此事蹊跷，看来颇不寻常。

他认定这是父亲有意把他考验，

看他心地是否纯洁，心情是否混乱。

他心有主见又兼口齿伶俐，

机警清醒但又生性多疑。

他暗自思前想后打定主意，

想好主意便从容不迫一点不急。

他想如若我到父王后宫造访，

见到苏达贝人们难免飞短流长。

于是他这样回答卡乌斯国王：

"多谢父王授予权柄培育我为王。

自从太阳初次从东方升起，

自从阳光初次普照这片大地，

时至今日历史上出现的每位国王，

论才德与学识都无法与您相比，

请父王让我多结识高士与贤人，

胸襟坦荡之士，干练超群之人。

鼓励我舞枪弄棒，张弓射箭，

强身习武在两军阵前搏战。

教我为王之道治国安邦，

教我宴宾会客应对之方。

我在父王后宫能学到什么本领，

有谁见妇人之见卓越高明？

如若父王定然要儿拜访后宫，

儿谨遵王命诚心诚意服从。"

国王说:"孩子,愿你欢畅如意,

愿理智永远陪伴着你,

我很少听到你这样的明智之言,

但你也不妨听听我的规劝:

你切勿顾虑重重猜忌狐疑,

你应抛弃忧愁,欢欢喜喜。

你应去后宫与姐妹们团聚,

使她们高兴心中感到慰藉。

姐妹们平日都深居在后宫,

苏达贝犹如母亲,虽然不是亲生。"

夏沃什回答说:"为儿谨遵王命,

得暇时我一定去造访后宫。

现在,我就在父王面前听令,

父王之命为儿一心一意遵从。

父王命我去何处我就去何处,

父王是一国之主,我是父王的奴仆。"

四、夏沃什第三次去后宫

苏达贝端坐在宝座戴着耳环,

头戴着一顶镶珠宝的黄金凤冠。

她命人把夏沃什请至后宫,

与他详细议论各种重要事情。

她对王子说:"国王为你准备许多礼品,

有王冠宝座及数不尽的稀世奇珍,

各种珠宝财物多得不计其数,

用二百峰骆驼来驮也嫌不足。

我选自己的女儿与你匹配姻缘,

但我也有几分姿色不要对我冷淡。

你有什么理由拒绝我的爱情？

难道你看不到我的身姿我的风情？

老实说自从我第一眼看到你，

早已体尝爱的煎熬以心相许。

我魂飞魄散白日也阴暗无光，

天空的太阳也变得惨淡昏黄。

如今，我忍受这种折磨已经七年，

每日眼中泣血时时以泪洗面。

我求你暗中赐我片刻之欢，

让我再次领略青春的甘甜，

我要比国王给你更多珠宝财物，

我给你宝座王冠样样使你满足。

我的请求如果你执意不听，

我的主意如果你执意不从，

我就设法使你不能继承江山，

天地无光，使日月在你眼前暗淡。"

夏沃什对她说："不要如此无礼，

我不能为私欲把信念背弃。

这样的行为是对我父王不忠，

有违勇士之道也欠正大光明。

你是后宫之首一身贵为王妃，

不应自轻自贱可知这是犯罪？"

苏达贝一听猛然从宝座站起，

她愤怒地向王子夏沃什扑去。

她说："我向你剖示了心底秘密，

你摆出正人君子面孔责我失礼。

你这是存心把我羞辱糟蹋，

在正直人面前责我不遵礼法。"

五、夏沃什勇穿火阵

卡乌斯国王终日痛苦焦心，

想着夏沃什与歹毒的苏达贝的纠纷。

如若有一个行为不轨居心不良，

日后还有谁愿尊我为一国之王。

儿子亲同骨肉妻子爱似心肝，

谁授我良策摆脱眼前疑难？

真愿找一个一劳永逸的良策，

把这恼人的困境彻底摆脱。

他想起一位大臣的话十分中肯，

终日疑虑愁烦岂能做理政的国君。

于是他给骆驼大队传一道旨意，

召一百队骆驼来王宫聚齐。

骆驼队多驮干柴把烈火点燃，

全波斯的人都走出家门前来观看。

只见一百队红毛骆驼奔波往来，

队队骆驼都急匆匆驮来干柴。

驮来的干柴堆成两座小山，

成堆的干柴已不能用斤两计算。

两法尔散格[1]之地都看得清清楚楚，

人们议论天火定把坏人惩罚。

国王想以烈火查明哪个有罪，

判明谁是罪人自然弄清了是非。

当你从头到尾听完这则故事，

你就会明白接近女人并不是好事。

在世上万不可找不正经的女人为妻，

1　法尔散格：长度单位，一法尔散格相当于六公里。

恶劣女人能使人名声扫地。

女人与蛇最好永远埋身地底，

清洁世界最好永无这两种不洁之体。

田野上驮来的干柴堆成小山两座，

缕缕行行的人来观看人声鼎沸。

两堆干柴中留出一条窄巷，

一位骑马人穿过并不感到宽敞。

这时，尊贵的国王的命令下传，

把黑色的石油浇到干柴上面。

只见二百名点火的兵丁出场，

点燃烈火似片刻间升起朝阳。

火堆上方初升起一股浓烟，

浓烟过后万道火舌向外翻卷。

火堆烧得大地似天空般明亮，

人声嘈杂干柴烧得噼啪作响。

整个田野都被一片大火吞没，

人们的笑脸顿时变得泪雨滂沱，

夏沃什来了，他先拜见父王，

一顶金灿灿的头盔戴在头上。

他精神振奋穿一身白衣，

唇边带笑希望埋藏在心底。

他胯下骑着的这匹乌黑的骏马，

奔走如飞月亮也要踏在蹄下。

他将一把樟脑撒上自己的素衣，

似乎一切都遵循着丧葬之礼。

好像他这是向天堂登攀，

而不是冒险去闯两堆火山。

他兜了一圈又回到卡乌斯面前，

下马深施一礼向父王致意问安。

卡乌斯面有愧色深感内疚，

他与夏沃什交谈细语温柔。

夏沃什劝父王请勿忧虑悲伤：

苍穹倒转世事从来就是这样。

我现在心中只感到懊恼与羞愧，

但愿烈火有灵证明我清白无罪。

如若我行为不轨作恶逞凶，

上苍有眼，决不会轻易把我宽容。

此刻，我感到真主就在我身边，

对这熊熊烈火我内心镇定坦然。

当他驱马渐渐向火堆接近，

暗暗开口祷告真主保佑无罪之人。

他请求真主助他平安穿越烈火，

穿越烈火使父王从疑虑中解脱。

田野上军士兵丁听到他祷告之声，

都表示同情心中为他愤愤不平。

城内城外响起一片呼喊，

不满的喊声掠过田野平原。

苏达贝此时听到人们的呼喊，

她也走出来到屋顶瞭望观看。

她打心眼里希望夏沃什遭灾难，

让他不得安宁人人对他口出怨言。

这时人们的目光齐向卡乌斯望去，

口吐不平之声心怀不平之气。

只见夏沃什纵身把黑马紧催，

骏马前跃钻进熊熊燃烧的火堆。

火堆上的火舌向外飞卷，

马入火中火光马影连成一片。

田野上人们都眼睁睁等待，

等待王子安然从火堆中冲将出来。

突然，正直的勇士果然冲出火海，

他双唇含笑面颊似红花绽开。

人们一见立即响起一片欢呼，

欢呼王子从烈火中安然冲出。

骑士跨马奔驰，他的素袍白衣，

一尘不染鲜艳得似一丛茉莉。

泼一盆水衣服上也会沾染污迹，

但此刻他的素衣白袍却洁白整齐。

这真是造物主佑人吉人自有天相，

任凭水火无情也不能把他损伤。

当他冲出火堆策马来至平原，

人群中立即响起欢腾叫喊。

军中骑士欢喜雀跃不能自已，

一把一把向王子抛撒金币。

城中郊外的气氛似节日般欢腾，

喜悦之情感染了贵胄与平民百姓。

人们高兴得到处奔走传告喜讯，

真主明鉴决不冤枉无罪之人，

苏达贝气恨交加撕掉自己头发，

痛苦落泪抓伤自己的面颊。

清白无罪的夏沃什来到父王面前，

毫无烟尘火迹真正是一尘不染。

这时卡乌斯国王也翻身下马，

随驾的军士也连忙下马站在地上。

夏沃什抢先几步赶到父王面前，

以头叩地恭颂父王顺遂平安。

他说我已平安冲出火堆，

让那根我之人心头希望成灰。

国王对他说："孩子，你勇敢豪爽，

你出身皇门，你品格高尚。

你有一位正直贤良的母亲，

她生育了你这皇家的后人。"

卡乌斯说着紧紧把他抱到怀中，

既表歉意也流露出父子之情。

卡乌斯与夏沃什缓步回到大殿，

他头上戴着一顶国王的王冠。

传令摆开酒宴调理丝竹管弦，

要为夏沃什着实庆祝一番。

庆祝的宴席一连摆了三天，

大开库门赏赐财宝银钱。

六、夏沃什恳求父王饶恕苏达贝

到第四日国王在王座上坐定，

一条牛头大棒提在手中。

满怀怒气下令把苏达贝传唤，

把过去的事一件件对她揭穿。

说："你这个贱妇作恶多端，

刺痛了我的心使我处境难堪。

你用尽阴谋诡计得到什么好处，

你想置我儿于死地，心太歹毒。

是你行为不轨使他枉受烈火考验，

你设计诬人行事害理伤天。

如今真相大白决不能轻易饶恕，

这是咎由自取你准备受到惩处。

这样的人决不能留在世上，

应处以绞刑你本应得到如此报偿。"

苏达贝开言说道："我的陛下，

你不必恶语相逼如此恫吓。

如果理应处以极刑砍下头颅，

那也是自食其果我决不叫苦。

你下令吧，我甘愿从命决无异议，

只求得你心头上的仇恨平息。

夏沃什讲的句句都是实言，

陛下心中疑虑从此也可释然。

这一切定然是扎尔[1]施行了妖术，

烈火才不伤他身他能平安冲出。"

国王说："你此时还在花言巧语，

毫不认错继续耍弄阴谋诡计。"

这时天下之主问群臣意下如何？

她背地里作恶应如何发落？

她的这种行为应如何惩处？

众臣见国王询问连声高呼：

"这种罪犯应该处以极刑，

让她自食其果得到应有报应。"

国王下令刽子手把她拉出示众，

然后吊上绞架处以极刑。

当刽子手把苏达贝拉去行刑，

后宫中响起一片刺耳喊声。

这时卡乌斯国王颜色骤变，

旧情难忘心中又泛起爱怜。

刽子手连拖带拉把苏达贝拖出，

宫中人都侧过脸去不忍目睹。

王子见状自忖如若国王一时发怒，

命手下人拉出去把苏达贝惩处，

日后想起她定然感到后悔，

那时必然认定我是祸首罪魁。

于是他走上前去禀奏国王：

---

1 扎尔：鲁斯塔姆之父，得神鸟之助。神鸟赠他羽毛，遇难时焚烧羽毛可逢凶化吉。俄译的注也认为此语与上下文衔接不密切。

"这区区小事陛下何必心伤，

请看在我的面上饶她一命，

或许她能接受教训改邪归正。"

国王正苦于宽赦她的借口，

这一来便找到饶恕她的因由。

他对夏沃什说："你的品质磊落光明，

看在你的面上暂不把她严惩。"

夏沃什忙亲吻国王宝座表示谢恩，

然后站起身来迈步走出宫门。

这时，左右又把苏达贝带到后宫，

带到后宫是遵照国王的命令。

后宫的人们闻讯赶上前去，

躬身施礼对苏达贝表示欢迎。

从那以后又过了一段时间，

国王心中又逐渐对她产生了爱怜。

由于心中怀着对她的爱情，

天天望着她的面庞目不转睛。

苏达贝又一次利用国王的骄纵，

施展阴谋诡计作浪兴风。

她天生歹毒终于阴谋得逞，

挑拨了国王与夏沃什的父子之情。

听了她的谗言国王又对夏沃什不满，

但只是闷在心里未对人明言。

事情到了这一地步需要理智与冷静，

要有信念与见解行事要合理公平。

一个人若怀有对真主的畏惧之情，

他就能逢凶化吉得到成功。

如若命途多舛流年不利，

就不要指望遭逢好运称心如意。

在造化面前只好俯首听命，

造化决定你荣辱浮沉的一生。

苍穹倒转冥冥中决定人的命运，

它深藏起谜底不肯明白告人。

有位贤人就此发了一番高论，

说人与人再近也近不过骨肉至亲。

当人有了一个品格正直的后人，

他便应对女人的妖媚怀有戒心。

须知女人从来就是心口不一，

你要她东去她偏偏要往西。

七、卡乌斯得知阿夫拉西亚伯来犯

国王卡乌斯心中正充满柔情，

军中细作报告敌兵压境。

阿夫拉西亚伯率十万大军，

个个都是土兰国精选的骑兵。

国王闻讯不禁心中为之一震，

要撤酒罢宴准备去迎战敌人。

于是召集凯扬王朝的忠贞之臣，

来到殿上参谋军机共同议论。

国王说："看来这个阿夫拉西亚伯，

他的身躯并非来自水土风火，

他的身躯并非一般材料，

此人似乎不是造物主所创造。[1]

他过去指天发誓信誓旦旦，

甜言蜜语立下斩钉截铁的誓言。

但是当他又集结了复仇的兵丁，

1　古代哲学中的一种观点，认为世上一切不外是水土风火所构成，人体也不
例外。

便又兴风作浪忘掉以前的言行。

如今，我要率领兵马上阵亲征，

要杀得他白日无光日月不明。

我此番出征定要结果他的性命，

不然斩不断祸根他还会作浪兴风。

他发兵作乱践踏我国波斯，

烧杀抢掠摧毁我们家邦。"

这时，一个祭司上前说此举大可不必，

国王陛下无须亲临征战之地。

这样要耗费偌大的国家资财，

节约为本，国库之门不必大开。

陛下曾两次兴兵到前线征战，

两次国土都被敌人侵占。

如今，宜选择军中上将一员，

由上将率军赴前线拒敌征战。

国王闻言笑道："我虽有一支大军，

但却找不到合适的率军作战之人。

哪个将官能把土兰国王阻挡，

我要出征，犹如航船下水乘风破浪。

请各位贤臣权且退下阶前候命，

容我与军师们再详细议论军情。"

这时，夏沃什愁绪满怀心事重重，

心乱如麻一桩大事不能决定。

他暗下决心说我要向父王请兵，

我要表明心迹代父出征。

愿造物主助人从此我得到解脱，

不再受父王怀疑和苏达贝折磨，

何况如若大败敌军旗开得胜，

也是立下战功从此扬名。

决心已定，他迈步向前禀告父王，

说："率兵拒敌为儿愿往。

我要与土兰之王决一死战，

让敌国的将领败在我面前。"

这也是造化铸就真主的意愿，

注定夏沃什出走异域命丧土兰。

人生在世只能听天由命无力回天，

命定的劫数世人无法改变。

夏沃什请求领兵拒敌代父出征，

卡乌斯深表赞许认为此计可行。

国王对夏沃什此举极为嘉许，

赐他新的封号命他率兵拒敌。

对他说："国库的财产悉数由你调用，

三军由你调遣择日率军启程。

波斯军民看到请求出兵的义举，

都会对你欢呼向你表示敬意。"

国王传旨召鲁斯塔姆上殿，

好言好语对他劝勉一番。

对他说："你力大无穷战象不敌，

你双臂有尼罗河水奔腾之力。

你不恋名利而且武艺超群，

夏沃什多承你把他教育成人。

此子如同埋藏在矿中之宝，

开矿取宝多承你付出辛劳。

如今夏沃什如同猛狮心雄胆壮，

他要代父率军出征走上战场。

既然此子有志有如此的雄心，

你意下如何？看他可是称职之人？

如若他出战阿夫拉西亚伯，

愿你随军出征托你把王子辅佐。

你能赴敌出征我就意适心安，

你若不能出战我必遭逢灾难。

如愿天下太平就要凭借你的刀锋，

天上明月也会对你俯首听命。"

鲁斯塔姆说："我是陛下仆从，

陛下有什么指示我定然俯首领命。

夏沃什对我珍贵得如同生命与眼睛，

他头上的王冠就是我的指路明星。"

国王闻言心中大喜甚感欣慰，

说愿理智与你的生命永远伴随。

八、夏沃什领兵出征

光荣的统帅图斯威武地走在军前，

金鼓齐鸣声声高响震地惊天。

三军将士此时齐聚在王宫，

国王打开仓库大门把金银宝物分赠。

从库中取出战刀大棒金冠腰带，

还有头盔甲胄长矛以及盾牌。

也有缝制衣服的各色丝绸布匹，

索性把库门钥匙交到夏沃什手里。

说如今皇家的事物皇家的资财，

一切听命于你一切由你安排。

于是从骑士中挑选了十万精兵，

个个能征惯战个个是沙场上的英雄。

从帕列维[1]、法尔斯[2]、库奇[3]与俾路支[4]，

1　帕列维：古地名，在今里海东南岸。

2　法尔斯在波斯南部，同时也是一民族名。

3　库奇：民族名，该族生活在俾路支境内，俾路支为地名与族名。

4　俾路支：波斯东南端的省份，与巴基斯坦接壤。

从四面八方吉朗[1]与索路支[2]，

又挑选出十万步卒兵士，

由王子率领指挥御敌出师。

全波斯动员凡是军中骑士之后，

行伍子弟作战勇敢腹有奇谋。

论年纪一个个都与夏沃什一般大小，

个个稳重聪明身手灵巧。

又从勇士中挑选善战的武将，

有巴赫拉姆还有赞格·沙瓦朗。

此外又从波斯人中选了五名祭司，

让他们五人高擎着卡维军旗。

夏沃什一声号令全军出动，

从宫门侧面三军浩浩荡荡出城。

黑压压的一片，平原上无立锥之地，

到处都是步兵的脚印骑兵的马蹄。

只见卡维军旗在空际飘扬，

高高招展似头顶上的月亮。

这时卡乌斯国王从侧面赶到前面，

三军将士立即待命停步不前。

国王见军容整齐似出门的嫁娘，

鼓声隆隆队伍中有许多战象。

他不禁开口赞扬好威武的大军，

你们都是皇家后人常胜的将军。

祝你们旗开得胜吉星高照，

愿你们的敌人晦运当头败阵遁逃。

吉星高照之旅有强大的军力，

定能得胜班师力克强敌。

---

1 吉朗：波斯北部省份，今在里海西南岸。

2 索路支：在何处不详。

夏沃什命人把鼓绑上象身，

他自己骑马传令击鼓前进。

卡乌斯国王眼噙热泪前行，

他直送了儿子整整一天的路程。

终于父子二人拥抱洒泪分离，

双眼落泪如同春云降雨。

似乎二人心中有一种预感，

此地一别今生再难相见。

这就是世事多变天道无常，

有时给你毒药有时给你蜜糖。

告别后国王回身奔赴都城，

夏沃什率领大军继续前行。

大军从波斯直赴扎别尔斯坦，

与鲁斯塔姆一起见到达斯坦[1]。

有数日摆设酒宴调理管弦，

吉星高照的达斯坦把他们招待一番。

夏沃什有时与鲁斯塔姆饮酒作乐，

有时与扎瓦列闲谈对坐。

有时在达斯坦宫中坐上宝座，

有时又到苇塘打猎把时光消磨。

盘桓一个月之久又催军启程，

达斯坦留守鲁斯塔姆效力军中。

从扎别尔、喀布尔到印度边疆，

勇士率领大军行进在征途之上。

每到一地就招募贵族青年，

一路行来很快就到了赫拉特平原。

沿途招募许多军士与兵丁，

招募的军士兵丁统由赞格·沙瓦朗统领。

---

1 达斯坦：鲁斯塔姆之父扎尔名字的一部分，也可独立使用。

前面去处是塔列甘及木鹿河，

上苍保佑一切顺利困难不多。

再往前行就到了巴尔赫城，

夏沃什精神振奋心中高兴。

这时，敌方大将格西伍与巴尔曼，

也统率大军风风火火地向前。

巴尔赫为先锋斯帕赫拉姆殿后随行，

早有人报告对方是王子亲率精兵。

从波斯发来威武大军迎敌，

军中勇士都是上层贵胄人才济济。

格西伍趁夜深人静四野无人，

派信使向阿夫拉西亚伯报信。

说对方派来数目众多的大军，

夏沃什做主帅帐中都是著名将军。

军中还有巨象般将军鲁斯塔姆，

他一手挥舞匕首一手提着裹尸丧服。

只要一接到陛下发出的命令，

我就调动军队立即冲锋。

陛下也应采取行动预作准备，

兵动如火，更何况风助火威。

信使迅行如飞恰似烈火一团，

一五一十转达了前方统帅的传言。

他向国王转达了前方信息，

使命完成犹如一块石头落地。

这时，夏沃什正率军行进在路上，

他指挥大队人马直奔巴尔赫方向。

当波斯方面大军渐渐逼进，

观望无益，看来不免一场火拼。

格西伍饱经征战审时度势，

深知血战迫在眉睫事不宜迟。

当波斯军队开到巴尔赫附近，

便发起进攻企图夺取城门。

两军血战整整厮杀了三天，

第四天夏沃什把巴尔赫攻占。

每座城门都派波斯兵士据守，

巴尔赫城已落入波斯军队之手。

斯帕赫拉姆渡河仓皇逃遁，

急急赶去向阿夫拉西亚伯报信。

九、夏沃什致信卡乌斯

当夏沃什在巴尔赫大获全胜，

便写信给卡乌斯报告军情。

他书写信函用的是白绫一道，

在磨好的墨汁中调和了香料。

信的开头照例是对造物主的颂赞，

主是本领力量与皇家灵光的源泉。

是造物主使日月行空回转运行，

是造物主授国王以冠冕令他主政。

主使人吉祥顺遂他定然万事顺遂，

主若使人不幸他定然遭逢厄运。

对主的旨意不能问："是何道理？"

聪明人俯首听命不问不疑。

是造物主冥冥中把万物造就，

世界一切无不是出自真主之手。

赞颂过真主又赞颂父王，

愿父王洪福齐天如意吉祥。

我精神振奋率兵来到巴尔赫城，

托父王洪福在此与敌交兵。

整整三天双方大军血战不可开交，

第四天靠真主佑助敌军遁逃。

斯帕赫拉姆向塔尔玛德逃窜，

巴尔曼也闻风而走似离弦之箭。

如今，我的大军已进至阿姆河南岸，

我头盔的光已笼罩阿姆河以南。

阿夫拉西亚伯率军驻扎在粟特，

我军隔河与他对峙尚未渡河。

如若父王下达向前进军的命令，

我即刻挥师前进与敌交锋。

十、夏沃什与阿夫拉西亚伯订约

次日黎明时分格西伍又来朝拜，

他头戴冠冕腰系一条饰带。

到夏沃什面前他连忙以口吻地，

以此表示对波斯王子的敬意。

夏沃什问他夜间可睡得安稳，

这军中人声嘈杂是否吵人？

然后告诉他我们听了你的传言，

把你传来的话思索了一番。

依我看我们双方可谓不谋而合，

永罢刀兵使心灵从仇恨中解脱。

你去向阿夫拉西亚伯报告，

如若愿消除仇恨越早越好。

为人若心怀善意不行凶作恶，

便不会遭到报应自食苦果。

理智的光辉如若在谁心中照耀，

那便终身受用获得了无价之宝。

如若他真的有意双方结盟，

就请他从速派出骨肉之亲百名。

这百人要出自鲁斯塔姆熟知的世系，

由你一一按人点名把他们聚齐。

你把这百口人交我们作为人质，

以表明你口无虚言所说句句是实。

然后，要把你们侵占的波斯国土，

悉数交还，退给它们的故主。

交出国土以后你们撤回土兰，

从此永息刀兵不再来战，

我的话语句句是肺腑之言，

人不如兽，如若转眼就把诺言背叛，

我就向我国国王修书呈报军情，

他或许会撤回大军确立和平。

格西伍听罢忙派回信使一名，

命他即刻返回把信送回国中。

说你从速去见阿夫拉西亚伯，

穿山越水片刻也不要耽搁。

你对他说我已迅速来到此地，

我方求和对方也不无此意。

但是他们向国王索要一批人质，

说既不再战就应证明所说是实。

他们要我们交出百名骨肉至亲，

这显然是鲁斯塔姆要扣押我们亲人。

信使前来向国王传达了消息，

说格西伍与夏沃什都向他致意。

阿夫拉西亚伯听了信使报告，

下不了决心，显得十分痛苦心焦。

他说道对方索要我亲属百名，

我似应把人派去把心迹表明。

这也是由于我方在战斗中遭到败绩，

败军之将不能指望别人的善意。

如若我表示不愿派出亲人，

那他岂不认为我弄虚作假别有用心。

看来应向对方派去骨肉至亲，

没有人质签约无法取信于人。

如若赢得和平可免一场大灾，

临事要仔细权衡切忌鲁莽轻率。

于是他按照要求找鲁斯塔姆知名之人，

挑选了一百名个个都是骨肉至亲。

他把百名人质送至波斯王子殿前，

临行时送他们许多锦袍财产。

人质启程他吩咐鼓角齐鸣相送，

送走人质他下命令撤去大营。

他从布哈拉、粟特、撒马尔罕到恰奇[1]，

从恰奇又前行到斯庇阿卜[2]。

他撤退大军一路行至冈格[3]，

未施诡计也未找借口耽搁。

鲁斯塔姆闻听土兰方面撤兵，

放下心来因而心情轻松。

他急速赶来晋见王子夏沃什，

把得到的军情告与他知。

他说看来如今大局已定，

应打发格西伍回土兰军中。

他立即吩咐左右快去备办，

准备兵器锦袍饰带与王冠。

又命人牵一匹阿拉伯马鞴好金鞍，

以及印度钢刀刀鞘金光闪闪。

1　恰奇：今塔什干。

2　斯庇阿卜：中亚地名。

3　冈格：一说在布哈拉附近，一说在塔什干附近。依撤军路线，第二说较合实际。

格西伍见王子赐他锦袍，

似月降大地在他身边闪耀。

他连声称谢又频频致意，

告辞之后便启程离去。

十一、夏沃什接到卡乌斯回信

卡乌斯召见信使宣慰一番，

嘱咐他信送到后立即返还。

于是立即传唤文书大臣，

让他坐在身边命他书写一信。

他口述一封语气严厉的信文，

信文似支支利箭刺痛人心。

信的开头先把创世真主颂赞，

真主决定双方和平还是开启战端。

真主创造了月亮、火星与土星，

识别善恶赋予皇家瑞气与权柄。

靠主的力量宇宙天体回转运行，

靠主的力量太阳光芒普照太空。

孩子，我祝你身体健康万事如意，

我祝你头戴王冠主宰社稷。

想必是你心中对我的命令产生怀疑，

你竟同意媾和贪图平静安逸。

你可知敌人多年兴兵进犯波斯，

得手之后，他们是何等残暴疯狂。

现在，你不应妄图赢得敌人尊敬，

对于我的指示命令你应一心服从。

若想得苍天佑助出人头地，

千万当心由于年幼无知为人所欺。

你要给全部人质戴上镣铐枷锁，

派人押送国内由我发落。

你受他人欺骗这并不足为奇，

我自己也有相同的疏忽与经历。

他过去也曾对我百般花言巧语，

我也多次与他讲和为他所欺。

但是罢兵之后他却不愿讲和，

我下达命令他并不依命去做。

你终日嬉乐生活在美女群中，

宴饮优游不愿再去战场拼争。

鲁斯塔姆也是贪图财宝银钱，

见财喜在心头真是贪得无厌。

对方拿来一顶破旧王冠，

你与他讲和不再继续作战。

要金银财宝要靠自己的刀锋，

国王的荣誉地位要看他治国本领。

现在我把统帅图斯派赴前线，

他要助你整顿眼下的局面。

图斯一到你要把人质戴枷捆绑，

用驴子驮上他们押送到后方。

上苍也会谴责你贸然与敌议和，

上苍降罚你定然会身罹大祸。

如若你遭难的消息传至国中，

定然举国不安引起人心骚动。

你应奋勇杀敌继续向前进兵，

切勿为人所骗空口侈谈和平。

当你领兵出战对敌进行奇袭，

杀得敌人溃不成军血浸大地，

那时，阿夫拉西亚伯就坐立不安，

他定然会率军前来与你决战。

如若你不愿从命碍于情面，

不愿他们说你背信弃义不守诺言，

你就应把军队交与图斯统领，

那你并不是真正的勇士真正的英雄。

写完信后加盖国王的玉玺，

把信交给信使打发他快快前去。

书信迅即传至夏沃什手中，

看罢那信中指责，王子心潮难平。

王子传唤下书人询问详情，

让他把事情经过一一讲清。

下书人转述了国王对鲁斯塔姆的话语，

提到图斯，也提到卡乌斯愤怒生气。

夏沃什王子听了下书人的叙述，

心中难过，他无限同情鲁斯塔姆。

父王这种决定使他极为担心，

担心重启战端与在押的土兰人。

他自语说百名人质好汉勇士，

是土兰国王的有名的嫡子亲支。

他们为和平做质实无罪过，

我怎可把他们交与父王发落。

父王见他们会不问是非短长，

一律活活地把他们吊在绞刑架上。

父王作孽我也要承担罪责，

来日见到天神我有何话可说？

如果我不顾一切无端再战，

催军向土兰国进攻重启战端，

真主也决不会原谅这桩罪过，

天下人也会口出怨言议论评说。

如若我现在回到父王宫廷，

把手中大军交统帅图斯统领，

那时父王对我也不会宽容饶恕，

74

如今处境真是进退两难走投无路。

苏达贝对我也不会轻易放过，

真不知今后有何遭遇天命如何？

十二、夏沃什与巴赫拉姆和赞格商讨军情

夏沃什军中有两员大将，

一为巴赫拉姆一为赞格·沙瓦朗。

他把他们召来告知他们秘密，

与他们共同商讨应对之计。

自从鲁斯塔姆离开衔命归国，

他左右心腹之将就剩他们两个。

见面便对他们说此乃命中注定，

步步都遇磨难日月永无安宁。

父王心中原本对我充满慈爱，

如一棵大树果实累累枝叶覆盖。

但是苏达贝设计迷住他的心，

好似给大树浇了毒水生出了毒根。

她的后宫竟然变成了我的监牢，

从此我的唇边便消失了微笑。

那以后我的日子变得阴沉暗淡，

她对我的爱竟变成一片烈焰。

我舍弃乏味的宴席出阵拒敌，

或许这样才不致为恶人所欺。

巴尔赫城中屯驻着敌人重兵，

领兵的人是格西伍真正的英雄。

土兰之王亲自镇守在粟特城，

他手下有英勇善战的十万精兵。

我们兵动如火前来奔袭，

兵贵神速未容敌人喘息。

当他们预感到将遭亡国惨祸，

便备办了礼品送来人质求和。

众祭司都力主与对方议和，

两国不再交战化干戈为玉帛。

如若我父王主战是为了财富，

如今一切均已到手还收复了国土。

这样为何还要无谓流血杀生？

为何让不解之仇充满心胸？

一个人若丧失理智头脑昏庸，

便导致善恶不分愚顽不冥。

哥巴德大帝已逝江山留给后人，

在他之后谁配与他相提并论？

父王对我所作所为处处不满，

他事事从中掣肘百般刁难。

他悍然下令命我驱军再战，

再启战端岂不违背自己的诺言？

为人行事决不可背逆天意，

也不能破坏祖先留下的规矩。

按他意图行事两世我都无处安身，

走投无路只能进入魔鬼之门。

此外，有谁预知在这场战争之中，

天命使哪方失败哪方获胜？

当年母亲真不应把我生在世上，

生在世上还不如趁早命丧夭亡。

人生世上要承受如此沉重的苦难，

人生道路上竟有这样多的痛苦愁烦。

比如有一棵大树叶茂根深，

但这树的果实含毒吃了害人。

我与对方签订了条约许下诺言，

向天神表明心迹发下誓愿。

如若我撕毁誓约背弃信义，

四面八方之人都会谴责与非议。

那时种种议论就会在世上流传，

说我违背了对土兰之王立下的誓言。

人们对我的行为会声声责备，

责备我不忠于信守作歹为非。

会说我煽起仇恨再启杀机，

说我出尔反尔无耻卑鄙，

这样天神怎会认为我行为正当，

命运怎会有甘甜果实任我品尝？

我想在世上觅得一隅之地，

再不见卡乌斯永远避世隐居。

天命难违，事情已经般般铸就，

天神的意志乃是万事的根由。

著名的勇士赞格·沙瓦朗，

如今要劳你大驾辛苦一趟。

请勿迟延也勿贪睡耽搁，

到土兰去见阿夫拉西亚伯。

你要带上这些人质和全部财产，

带着金币钱财带上宝座王冠。

把一切财宝人员都悉数退回，

告诉他们军情不测事与愿违。

然后他又嘱咐大将巴赫拉姆，

说托付给你这光荣大军和这国土。

大军的军营、战象、战鼓都托付给你，

只等大军统帅图斯来到此地。

这一切兵力资财请好生照料，

图斯一到请即刻向他转交。

交割时要一笔一笔开列账目，

清点宝座王冠和军中的财库。

巴赫拉姆听到他的这番嘱托，

不禁悲从中来心中感到十分痛苦。

赞格在旁哭得血泪斑斑，

出言诅咒不义之邦哈玛瓦兰。

他两人对坐无言愁溢心胸，

王子的这番嘱托使他们心情沉重。

巴赫拉姆开口说："这不是出路，

离开父王到何处寻求坦途？

我劝殿下再给父王修书一封，

请求恩准鲁斯塔姆重返大营。

如若国王执意要我们再战，

那就再战当机立断何必迟延。

如你不愿再战那也无妨，

向父王请罪求得他的原谅。

你若把人质押解到他的宫廷，

满足他的愿望他一定感到高兴。

你若从心里同情人质命运，

便把他们释放谁也不会告诉外人。

国王信中无非是要求我们再战，

我看并未造成不可收拾的局面。

为今之计我们应遵命向前进军，

穷追不愿恋战的卑鄙敌人。

你不要优柔寡断坐失战机，

要顺从王命使国王内心满意。

我们事业如同大树果实累累，

不要破坏自己命运半途而废。

不要再使江山杜稷陷入不幸，

不要再使举国上下人心不宁。

你应主宰这江山社稷国家宫廷，

还有这大军也不能不由你统领。

卡乌斯性格暴躁如同烈火，

他的书信与进军命令于理不合。

如若说这是天意与我们想法不一，

那有何可说？人不总是违逆天意。"

王子并未接受两位聪明勇士的忠言，

事情冥冥中向相反方向演变。

他回答："国王的圣旨崇高英明，

我视同天上日月太空中群星。

但天神意志更加不可违抗，

小至荆棘杂草大至狮子大象，

谁若违背了天神的命令，

他就会内心不安无所适从。

难道我要双手沾满鲜血重启战端，

强使两国百姓陷入仇杀灾难？

不杀掉人质国王决不会心甘，

想起我所作所为他定然不满。

如若我按兵不动不再开战，

然后启程回朝去到他的身边，

那一定会惹得他动怒大发雷霆，

我便是飞鸟投网身陷囹圄之中。

他便会发泄不满对我百般指责，

那真成了旧错之上又加上新错。

如若我的主意你们不以为然，

如若我这番话使你们为难，

我就在这片平原留下大军军营，

自己只身远走，奔自己的前程。

我对你们二位从未给予封赏，

这紧急关头不能要你们为我奔忙。

我要带上人质以及财产礼物，

去土兰投奔阿夫拉西亚伯。"

夏沃什回答了这番话语，

两位高贵勇士心头愁闷忧郁。

见分别在即不禁双眼泪垂，

如同火燎肝肠心头成灰。

他们似乎预见到命中的不幸，

冥冥中埋伏在夏沃什的前程。

他们深知今日一别便相会无期，

为王子而垂泪同情他的遭遇。

赞格说："我们是殿下的奴仆，

衔殿下之恩，为殿下义无反顾。

我们甘心为殿下献上身心性命，

献上自己的身心性命，不改初衷。"

听了善良的赞格的这一番话，

聪敏的王子对他这样回答：

"请你前去拜见土兰国王，

把我们处境对他详细言讲。

你告诉他双方言和我却遭不幸，

媾和对他有利我方只尝到苦果。

但是，虽由于议和而失掉江山，

我也不愿违背对他的诺言。

如今我能依靠的只有天神，

地如宝座天似王冠我孑然一身。

我所作所为绝非一时冲动，

我不愿再见父王不愿回他王宫。

请借一条路允许我从你国土穿行，

奔向天神指引给我的路程。

我要寻觅一片土地避世隐居，

愿我的名字永远不向卡乌斯提起。

我不愿再听到他的粗暴的话语，

再也不愿忍受他暴躁乖戾的脾气。"

十三、法兰吉斯与夏沃什成亲[1]

当东方泛红，升起一轮朝阳，

喷薄而出似金黄色盾牌一样。

皮兰跨上一匹健步如飞的骏马，

来会夏沃什，把他的喜事筹划。

他迈步登阶进入夏沃什的宫殿，

连声致意向王子问好请安。

他对王子说好事宜早趁今日良宵，

今天就筹办完备把公主迎到。

请你下令我就做你的迎亲之人，

我已做好一切准备去迎娶新人。

夏沃什王子此时羞愧难言，

他感到双颊发热愧对皮兰。

他娶了他的女儿成了他的女婿，

他与贾里莱情投意合两情相依。

他对皮兰说此事你尽管去办，

你深知我无何秘密对你隐瞒。

皮兰见他应承连忙赶到家里，

全力操办准备把公主迎娶。

把钥匙交古尔沙德打开仓库大门，

取出各色衣料迎娶新人。

他说她可是千娇百媚的皇家之女，

是出众的美人天生聪明伶俐。

到库中把上等的丝绸挑选，

1　夏沃什投奔土兰之后，受到隆重接待，并被招为驸马，因而引起皇叔格西伍的嫉恨。格西伍多方挑拨离间，终使土兰国王阿夫拉西亚伯对夏沃什失去信任，夏沃什遂遭杀身之祸。

还选上中国的织金锦缎。

黄玉的托盘配上翡翠的碗，

托盘里的碗中把各种香料装满。

又拿两顶缀着宝石的凤冠，

有一副手镯一个项链一副耳环。

搬过六十峰骆驼才驮动的地毯，

以及能做三身礼服的织金锦缎。

全身的衣服上缀好各色金饰，

金饰之外还配上各式各样的宝石。

三十峰骆驼驮着各色彩礼，

托盘中间放的是波斯锦衣。

还有四条长凳及一个黄金宝座，

三双金黄色的绣鞋缀着红玉。

行列中有二百名手捧金杯的宫女，

厅内人来人往无立足之地。

三百名仆人个个高戴金黄色高帽，

近百名远近亲属也早已来到。

古尔沙德率领百名宫娥婢女，

抬着百盘香料百盘藏红花做送亲之礼。

抬着一顶上等锦缎的黄金色软轿，

一队迎亲之人一路上热热闹闹。

古尔沙德随身带了十万枚金币，

迎亲时分撒给众人图个吉利。

陪嫁的物品都请法兰吉斯观看，

人们见到公主都向她问候平安。

古尔沙德以口吻地然后开言，

说这是太阳与金星匹配姻缘。

郎才女貌定然十分幸福美满，

如意吉祥是天赐的良缘。

男方一边有皮兰与阿夫拉西亚伯，

他们也多方尽力为夏沃什张罗。
国王把女儿配与夏沃什为妻，
一切活动都遵从传统的礼仪。
男女双方应当着宾客恭行大礼，
一切如仪男恩女爱誓死不渝。
这时皮兰派人给古尔沙德报信，
说赶紧安排新人会见新人。
古尔沙德满面春风告诉公主，
说请公主尽快去夏沃什王府。
今晚就前去夏沃什的王宫，
让他的王宫充满月亮的光明。
古尔沙德说完就请公主理妆，
红花一朵插到芳香的云鬟之上。
法兰吉斯公主似一轮月亮，
前来会见那未来的国王。
公主与王子二人并肩而坐，
似日月同辉真乃天作之合。
日月同辉王子与公主匹配良缘，
二人以心相许纵然海枯石烂。
夏沃什王子的目光落到公主面庞，
把那如月的美人上下打量。
见她身如翠柏面目美似月亮，
两绺秀发下垂秀发又细又长。
双颊泛出月亮般晶莹的光芒，
双眼灿若寒星熠熠发光。
齿如珍珠双唇美得如同红玉，
公主真似太白金星一样美丽。
当她要启齿开言把双唇开启，
便露出两排珍珠吐出可人言语。
公主全身散发异香貌似仙女，

多情多意，也祈望对方的情意。

她身上没有半点可指责的缺点，

莫不真的是天上的仙女下凡？

夏沃什如同太阳她如同月亮，

太阳匹配月亮多么幸福欢畅。

这二人新婚燕尔情投意合，

情意随着日月一样增多。

一连七日鱼儿与鸟儿都活跃狂欢，

一连七日人们高兴得未曾合眼。

广阔大地繁花似锦一片灿烂，

乐曲笙歌发自丝竹管弦。

十四、夏沃什为阿夫拉西亚伯所执

他安排了一切便启程动身，

心中始终不解为何遭此厄运。

他要与身边亲随返回波斯，

直哭得泪水洗面眼泪汪汪。

他们只走出半个法尔散格之遥，

土兰国王便急匆匆率军来到。

他见夏沃什一行都全副铠甲手执武器，

夏沃什也是一身戎装披挂整齐。

国王心想格西伍之言果然不虚，

眼前的事实谁也无法回避。

当土兰国王逼到夏沃什面前，

他已预感性命不保有杀身之险。

他的亲随人马也都心存畏惧，

土兰人早已封锁了山口与要地。

双方怒目而视心中充满仇恨，

但在此以前双方并不是敌人。

土兰骑兵惧怕夏沃什的勇力，

小心翼翼地慢慢向前进逼。

波斯人见此时气氛如此紧张，

便开口叫道：王子，我们的大王！

为何我们要在此引颈就戮，

死在这荒沙野漠无人之处？

我们应该给他们颜色看看抵挡一阵，

为什么我们要自寻死路束手就擒？

夏沃什对他们说此事万万不可，

进行这场战斗于理不合，

国王当初待我充满深情厚意，

我如今岂能向他开战作为回礼。

如若我无辜被害小人结果我的性命，

那也是苍天意旨事事均属前定。

我虽能征善战反抗也属无益，

谁能与造物主相左一争高低？

也不闻睿智的先贤有过名言：

遭到不幸命运挣扎也是徒然。

然后他转向阿夫拉西亚伯土兰之王，

说我尊敬的陛下，我的国王，

你何必自己率军前来进击。

我本无辜缘何定要置我于死地？

为何挑动两国军士再怀仇恨，

使大地天空再次布满战争风云。

这时格西伍上前说，蠢才休要诡辩，

你怎么配说出这种语言。

如你所说你本受屈含冤，

但你为何全身披挂来到国王面前？

你这种装束岂是在接风迎客，

见国王陛下执弓披甲于礼不合。

夏沃什闻听他的这番言语，

说你这歹毒小人用心卑鄙。

我听了你的话中了你的诡计，

你说国王对我不满心中狐疑。

善良人被杀只因你施此毒计，

千万颗无辜者人头将滚滚落地。

你施此诡计定会遭到报应，

你播下什么种子定然把什么收成。

然后夏沃什说陛下你应当心，

切不可自寻烦恼引火烧身。

这并非儿戏，与无罪者结下冤仇，

平白无故使我这无辜之人头断血流。

你可不能轻信格西伍一片谎言，

断送了自己也断送了土兰。

这时格西伍在旁观察动静，

夏沃什与国王谈话他留心细听。

他故作姿态说陛下这是为何？

与敌人还有什么是非长短可说。

这边格西伍不断催促国王，

阿夫拉西亚伯闻言头颅高昂。

他对手下军士下令抽出刀剑，

兵士们闻言齐喝一声如山崩地陷。

天地震撼灰尘遮掩日月之光，

一方蓄意挑战一方镇静安详。

夏沃什自忖与国王有约在先，

此时他坚决不对国王舞动刀剑。

他也未对任何兵士下达命令，

让他们去与对方厮杀拼争。

可是那暴怒的阿夫拉西亚伯，

对波斯王子却百般凌辱折磨。

他下令兵士们进攻奋勇拼搏，

黄沙血染，让大地血流成河。

此刻，波斯军士聚集了千人，

个个身手矫健人人饱历战阵。

这千人队伍都被杀死在战场，

血沃平川他们身死处鲜花开放。

一度双方厮杀波斯人奋力抵抗，

乱军之中夏沃什身负重伤。

他身负刀伤又中了数箭，

体力不支突然滚下了马鞍。

他似醉酒人事不省倒卧在地上，

格拉维列扎上前将他捆绑。

立时把一面重枷戴在他颈项，

背过他双手用绳子牢牢反绑。

他的傅粉似的面颊血肉模糊，

年轻的王子从未受过这般凌辱。

一群如狼似虎的凶恶的兵丁，

骑在马上把他拖着前行。

身前身后到处是土兰的兵丁，

押解着他直奔夏沃什城。

这时，土兰之王给军士下了道命令，

说与其这样拖着拉着前行，

不如一刀砍下他的头颅，

留他何益，他乃是个忘恩负义之徒。

你们应把他处死让他血流黄沙，

此事不应迟疑也不必惧怕。

这时，众军上上前纷纷说陛下，

他犯有何罪要匆匆把他虐杀？

他做了什么事可称忘恩负义，

你今日定要使他人头落地？

你为何定要把这样的人杀害，

虐杀了他江山社稷要遭一场大灾。

为人得意时切不可种下毒树，

栽种毒树结果也含有剧毒。

此时，在一旁的是卑劣的格西伍，

他生性顽劣心肠凶恶歹毒，

他力促结果夏沃什的性命，

比武时的屈辱还留在他心中。

再说皮兰有一位英俊聪明的兄弟，

他编在军中在兄长帐前效力。

名字叫皮尔索姆，他青春年少，

此时他说：这是一个挂满苦果的枝条。

如今，在树根上浇上鲜血与仇恨，

来日，仇恨催树长高枝叶高耸入云。

我听先贤讲过一箴言警句，

聪明人都晓得此言有理。

说遇事慎思才不致悔恨，

理智避免差错鲁莽种下祸根。

鲁莽急躁是鬼迷了心窍，

事后悔之已晚身心备受煎熬。

此人性命关系到江山社稷，

岂可如此匆忙把他置之死地？

不如暂且把他囚禁在狱里，

召来智士谋臣就此从长计议。

当理智之风吹进你的心胸，

如仍认定要开刀问斩再颁布命令。

陛下目前实不应如此焦躁匆忙，

匆忙招致悔恨焦躁处事失当。

一颗国君的头颅本应戴上王冠，

切不可鲁莽从事开刀问斩。

要考虑到你杀了无辜者的头颅，

卡乌斯、鲁斯塔姆定来报仇。

他父亲是国王，鲁斯塔姆抚育他成人，

鲁斯塔姆培养他费尽苦心。

杀他乃不义之举定遭报应，

多行不义必然受命运严惩。

刀光闪闪陛下应常记不忘，

利刃挥舞普天下又一片血海汪洋。

波斯勇士一怒前来征战，

世界上哪个还能再保平安？

古达尔兹、古尔金、法尔哈德与图斯，

把战鼓绑在象背来兴问罪之师。

这些怒象般的勇士前来较量，

众位好汉哪个敢上前阻挡？

卡乌斯之子法里波尔兹有雄狮之勇，

他从不怯懦厌战，能征惯战出了名。

有巴赫拉姆和沙瓦朗之子赞格，

勇士古什达哈姆与卡什特哈姆，

扎瓦列、法拉玛兹及萨姆，

都一个个会把钢刀从鞘中抽出。

卡乌斯国王的众位英雄勇士，

都气概非凡个个勇似雄狮。

他们若一齐兴兵来报仇雪恨，

我国大地岂不变为刀枪的森林。

像我这样的将官岂能抵挡，

我们的勇士哪位比他们高强？

皮兰很快就会赶到这里，

陛下也应听一听他的主意。

难道陛下不愿听他有何良策，

何必匆忙行事结下仇恨铸成大错。

陛下，我劝你万万不要匆忙，

匆忙鲁莽会导致土兰灭亡。

国王听了他的话怒气稍平，

但他那兄弟却决然不想容情。

格西伍说陛下你睿智圣明，

这后生小子之言你何必听从。

你何必听信皮尔索姆一派胡言，

斩草除根行事要防患于未然。

过去波斯人陈尸战场兀鹰乱舞，

早已结下了仇恨如今还怕报复。

夏沃什若从罗马中国借兵来攻，

大地上刀枪并举怎会得安生？

你现在所做的一切已结下仇冤，

如今再听什么人劝告为时已晚。

你脚踩蛇尾打烂了蛇头，

还要做好人在蛇身裹上丝绸。

如若你今天把他宽赦饶恕，

那请容我远走高飞另寻去处。

我要寻个去处独自隐居，

让未来的光阴日月尽快逝去。

这时达姆尔与格拉维迈步上前，

他们二人开口向国王进言：

处决夏沃什陛下因何优柔寡断，

操刀不割日后定生凶险。

格西伍说的是肺腑之言，

铲除仇敌请陛下及早决断。

你既然布下罗网捕获了敌人，

捕获了就应下手以免贻笑于人。

此事宜当机立断不可迟疑，

对敌人就是要使他们灰心丧气。

对待他的军队应收缴刀枪，

你不见他们如何对待你这国王。

如若无人冒犯你的圣颜，

不治夏沃什之罪也还有情可原。

如今上策是把他开刀问斩，

从今以后世上再无夏沃什出现。

国王听了他们的话这样对他们说，

我确实没有发现夏沃什的罪过。

但是依照星相术士们的预言，

他的下场将会是十分悲惨。

如若我今天执意把他杀害，

这无异于给土兰惹祸招灾。

那时会日月无光天昏地暗，

明智之士会备受折磨与摧残。

在土兰我可能受到无情伤害，

终日心情不欢乐舒畅愁锁胸怀。

虽然杀死他会使我陷入忧虑，

而放掉他比杀死他更不可取。

人无论是聪明能干还是木呆迟钝，

总也无法得知苍天主宰的命运。

十五、法兰吉斯哭求阿夫拉西亚伯

法兰吉斯闻讯急得抓破面颊，

殷红的鲜血顺面颊流下。

她跌跌撞撞来到父王面前，

鲜血染红了她的如月的颜面。

她凄凄楚楚见到了父王，

痛苦得抓把土扬到头上。

她对国王说："圣明的陛下，

你为什么叫我年纪轻轻守寡？

你为何轻信人言上当受骗，

看不清山下情形因你站在山巅。

你不应把一位王子这样杀害，

日月天地不容此事实不应该。

夏沃什抛却波斯投奔土兰，

是上苍指引来到父王殿前。

此举刺伤了卡乌斯的心，

他把江山社稷金银财宝赋予了外人。

他来北方实指望寻求父王庇护，

如今你可见他有何不轨之处？

他是皇家之后身居宝座头戴王冠，

这样的贵人不应如此开刀问斩。

请父王不要无端把我折磨，

世事如烟一切都将匆匆流过。

你把一个尊贵之人锁在牢狱，

扶植一个卑劣之徒主宰社稷。

到最后两个人都将葬身地底，

命运令他们同在地穴安息。

你不要轻信格西伍的胡言乱语，

使自己在世人面前名声扫地。

那样，你生前人们会把你谴责，

死后也会下地狱备受折磨。

你可听说那阿拉伯人佐哈克，

暴虐无道，法里东如何把他折磨。

你可知玛努切赫尔国王如何惩处

那心肠歹毒的土尔和萨勒姆。

如今卡乌斯国王依然在位当权，

扎尔与鲁斯塔姆定会来报仇伸冤。

在战斗中古达尔兹的大棒无人能敌，

狮子见了丧胆，他能剥下豹子的皮。

还有巴赫拉姆与沙瓦朗之子赞格，

也都有万夫不当之勇无人能敌。

如若格乌与古达尔兹也率军出征，

大地为之惊惧在他们脚下悸动。

有图斯、卡什特哈姆及雄狮古尔金，

还有哈拉德他马上力敌众人。

有手疾眼快的哈拉姆与阿什科什，

还有那勇敢如同海鲸的师都什。

你这是在地里栽种了一棵毒树，

这毒树枝条滴血果实含毒。

悲悼夏沃什河中之水也沸腾翻滚，

苍天也诅咒阿夫拉西亚伯不是好人。

你这是自己作恶落得自己遭殃，

我这番话你应牢记在心上。

这真如你外出打猎未猎到野驴，

倒把一头麋鹿射倒在盐沼地。

你把王子一把从宝座上拉下，

日月也因之失去光辉你定遭万人唾骂。

你不应这样做不应把土兰断送，

听了我的话你应该及早警醒。”

说完这话她转身向王子哭诉，

见王子她以手抓面失声痛哭。

“王子呵，我大军的统帅，英雄好汉。

你是骄傲的雄狮，你英勇果敢。

你背井离乡远离了故国波斯，

来到北国投奔土兰之王。

如今把你连拖带拉双手反绑，

你的王冠何在，你的宝座在何方？

难道国王不是郑重其事作了千番许诺，

对这背信弃义之举日月星辰都惊讶哆嗦。

格乌、图斯、鲁斯塔姆何在？

法拉玛兹、达斯坦勇士们为何不来？

如若波斯得知这个凶讯，

太平日月就会立即笼罩一片阴云。

你受折磨都是因格西伍施了诡计，

该诅咒的是他，还有达姆尔与格拉维。

让那些把毒手伸向你的人，

在刀下亡命死后无处葬身。

愿真主保佑你平安无事免除灾难，

让你的对头敌人胆战心寒。

让我双目失明吧，我不愿看见

你被人捆绑拖拉这样凄惨。

父亲如此待我还有什么父女之情？

日月无光，我身旁鼓荡着阴风。"

国王听了女儿这一番哭诉，

不由得内心涌起一阵痛楚。

土兰之王对女儿刚刚有些同情，

但随即斩断情肠把心一横。

对她说，你不应久留此地，

况且你并不知我是何心意。

国王高耸的宫中本有牢房一座，

在冷僻之处，法兰吉斯从未到过。

国王吩咐左右快把她拖走，

人们拖开她似拖一具尸首。

拖走后便把她关入那黑牢，

牢门加上重锁以防她跑掉。

十六、夏沃什被格拉维杀害

格西伍用眼色向格拉维示意，
格拉维会意立即走上前去。
他跨步来到夏沃什的面前，
道德仁义全都抛到了一边。
他探出手去抓住王子的胡须，
一按就把王子按倒在平地。
夏沃什惨叫一声求真主保佑，
说主宰命运的至高无上的真主，
请让我身后有人接续香烟，
让他的业绩像太阳一样光辉灿烂。
让他消灭敌人为我复仇伸冤，
让他重整我的王业再理江山。
让他奖掖艺文慷慨宽仁，
成为普天之下尊贵的国君。
此刻，皮尔索姆就在他身后，
双眼含着血泪满腹凄苦。
夏沃什转向他道一声："珍重！再见，
愿你在世上万事顺遂一切平安。
请代我向皮兰告别向他致意，
请告诉他风云突变风波骤起。
皮兰他不愿见我到这步田地，
他的忠告落空我似风中之柳无靠无依。
他劝我随身率领十万精兵，
要披挂整齐个个善战能征。
说遇险可找我，我保你平安，
遇有不测我这里保你安全。
如今陷于格西伍之手恓恓惶惶，

受尽凌辱被人拖拉在路上。

眼前想找一知心之人但遍寻不见，

谁能为我一哭日后为我伸冤？"

这时，军士们已把他拖过城外大营，

推推搡搡来到田野之中。

格拉维扎列从格西伍手中，

接过一把淬火的尖刀准备行凶。

他手揪住夏沃什头发步步向前，

把他反绑双手拖到预定的地点。

原来就是当初射箭比武之地，

夏沃什曾与雄狮般的格西伍坐在一起。

当把他拖到当初箭靶近前，

歹毒的格拉维迈步向前。

他把力敌怒象的勇士按倒在地，

此刻他既不感羞耻也毫不畏惧。

他把一个金盆放在勇士身旁，

只一刀便使他身首异处登时命亡。

格拉维把盛血的金盆端起，

血盆一倾把鲜血倒在平地。

只见在那鲜血浸润的土地，

登时就有一丛鲜花平地长起。

那鲜花一分一秒地慢慢开放，

除了造物主谁晓得鲜花为何生长。

让我把这种花指给你看，

人称"夏沃什之血"，以此把他悼念。

当王子的灵魂离开躯体飞升，

他便长眠地底复归沉沉大梦。

他一眠不醒而岁月匆匆流逝，

他一动不动再也不省人事。

这时，平地卷起一阵黑风，

天昏地暗日月晦暗不明。

人们对面而立彼此看不到颜面，

众人都对格拉维口出怨言。

王子已被杀害皇家宝座空虚，

太阳晦暗不明翠柏不复翠绿。

我反复思量我苦苦寻觅，

寻觅思量也悟不透人情世理。

一个人行为不轨但命运亨通，

世理命运都助他作恶行凶。

一个人循规蹈矩一生善良，

但却遭灾罹难得不到好的下场。

这也无需悲痛心头切莫笼罩烦愁，

世事无常不值得世人为之担忧。

人世不能永存，它从不佑助世人，

过去的已然过去何必悲痛伤心？

福祸顺逆你都应处之泰然，

事过之后一切都烟消云散。

张鸿年　译

昂萨里

（九六一年至一〇三九年）

昂萨里，全名阿布·卡西姆·哈桑·昂萨里，是加兹尼王朝玛赫穆德苏丹的宫廷诗人，被誉为"诗王"。这是伊朗宫廷加封"诗王"称号的开端，其他诗人的作品皆需经"诗王"才能推荐给国王。昂萨里擅长颂体诗，他的诗集据说有三万联句，但仅有约两千六百联传世。

颂　诗

谁若想在世上富贵荣华，称心如意，

他就应辅佐君王，效命社稷。

他是王之右臂[1]，愿他日日如意吉祥，

他是万民依靠，他使理智放射光芒。

真主的恩惠集中他一人之身，

什么恩惠能比得上真主的圣恩？

依照教法学家及博学之士的见解，

是真主选定了他并把他扶植提携。

秉承真主意旨他成了天下君王，

真主的意旨哪个胆敢违抗？

真主令他主宰社稷江山，

谁对主不恭就是违抗主的意愿。

真主助他万事如意平安吉祥，

谁与他作对就是自取灭亡。

如若有人定要拂逆真主本意，

那就是离经叛道与主背离。

如若你相信星相家的预言：

万事取决日月轮转星斗变幻。

有百种迹象证明命中注定，

他成为天下君王发号施令。

全赖命星佑助他威镇四方，

你若不信可睁眼仔细端详。

他的权势超越命星登峰造极，

1　王之右臂：这里的他指加兹尼国王玛赫穆德，他被巴格达哈里发封为"王之右臂"。

这一切都是真主赋予他神力。
真主创造了天宇苍穹日月星空，
日月星辰都按主的意旨运行。
真主佑助他事业上获得成功，
我们伟大的君王便无往不胜。

头上青丝剪何妨

头上青丝剪何妨？
万勿愁坐枉悲伤。
良辰美酒应一醉，
柏枝剪后枝更长。[1]

1　加兹尼国王有一弄臣名阿亚兹。一次阿亚兹把头发剪得过短，国王见之不
悦，昂萨里便写了这首诗劝国王。国王听了转忧为喜，遂命人以珍珠宝石
把诗人的嘴填满三次作为赏赐。

乌鸦与鹰

一次，我听到在黑色乌鸦与白鹰之间，
有一番颇具哲理意味的对谈。
乌鸦对白鹰说：我们本是知交故人，
是一模一样的鸟儿飞禽。
白鹰答道：我们虽都是鸟儿，但是
我们的本领有高有低，
我们品质不同，中间实有距离。
我进餐后，王公贵人才入座举箸，
而你只配以死尸填饱饥肠。
我的居处是王宫、寺院和殿堂，
而你只配栖身在废墟与坟场。
我的白色宜人你的黑色生厌，
我是善与幸福的象征你象征灾难。
天下贵人都与我来往而远避开你，
良善与良善为友，邪恶与邪恶相聚。

张鸿年　译

法罗西
（约九八〇年至一〇三七年）

　　法罗西，全名阿卜尔·哈桑·本·朱鲁格·法罗西·锡斯坦尼，生于锡斯坦地区。他精通诗歌和音律，曾先后在恰冈宫廷和加兹尼宫廷作为宫廷诗人效力。法罗西擅长颂体诗和抒情诗，其代表作是苏丹玛赫穆德逝世时的悼亡诗。全诗结构完整，用语平实，充满了丰富的想象和情感。本集收录的另一首《自荐诗》则是诗人投奔恰冈宫廷时提前写好的诗。凭借着这首诗歌，诗人受到了国王的赞赏和重用。

悼念玛赫穆德国王

今年的加兹尼城不似去年模样，
发生了什么事，呈现出这般景象，
家家户户都哀伤不已，哭泣叫喊，
哭声喊声把人们的心绪搅乱。
大街小巷到处是一片骚乱惊慌，
骑马的兵士往来狂奔，神色慌忙。
一排排商店门前簇拥着人群，
颗颗铁钉钉牢紧闭的店门。
宫殿中找不到官员，显得空空荡荡，
他们都离开闹市，奔赴外乡。
公卿贵胄像女人一样劈打自己面孔，
一个个哭得双眼石榴般血红。
我见太监都身着皂衣，满面愁云，
他们都纷纷脱下帽子，解开头巾。
我见许多贵族夫人都走出家门，
在广场上痛哭，泪雨纷纷。
我见文人墨客把墨汁拿在手上，
手拍打着头，头撞到高墙。
我看到许多抛下活计的工匠，
他们也满腹悲愁，不再去帐房。
我看到痛哭的乐师紧咬十指，
用鲁德琴[1]打在自己的脸上。
我看到垂头丧气的战士兵丁，
眼中满含热泪，心中充满悲恸。

1　鲁德琴：伊朗古代的一种弦乐器，形状类似琵琶。

这可是我昨天见到的兵丁战士？

这可是我去年见到的大地城池？

莫不是如今君王在外挥师远征，

莫不是顽敌乘虚而入夺取都城？

莫不是家家户户都失掉了亲人，

才这样愁云密布地暗天昏，

莫不是今年又似往年一样举国哀伤？

不，以前我从未见过这种慌乱景象。

你还未告诉我发生了什么，请坦率言明，

我不是外人，对我何必隐瞒真情！

人们为何如此骚乱不安，这样激动叫喊？

他们在做什么，为何在悄悄地交谈？

呵，但愿我担心的日子不要到来，

让喜悦欢乐不要被悲愁哀伤覆盖。

但愿不祥的目光不要落到君王身上，

唉，这种日子怕是到来了，他已在地底埋葬。

他走了，抛下我们可怜无告孤苦无依。

一筹莫展，不知如何摆脱艰难的境地。

可悲可叹呵，像玛赫穆德这样的君王，

竟无声无息地长眠地底，像根荆条一样。

可悲呵，像是宝石又回到矿石里面，

黄土掩身，再无人把鲜花向他奉献。

可悲可叹呵，今后任何人再也无法看到，

朝觐日那盛开的玫瑰和郁金香花园。

可悲可叹呵，今后人们再也无法目睹，

他登上辉煌壮丽的玛赫穆德宫殿。

可悲可叹呵，哥拉马提派[1]可以称心如意，

1　哥拉马提派：伊斯兰当权派逊尼派的一个对立教派，玛赫穆德臣服巴格达哈里发，镇压哥拉马提派。

他们无需惧怕绞架与石绊的袭击。

可悲可叹呵，罗马国王也可以高枕无忧，

再也不必匆忙地构筑高城与望楼。

可悲可叹呵，如今整个印度的婆罗门，

到春天又可在原地为佛像重塑金身。[1]

真主呵，这样的日子多么令人悲伤，

他们把岁贡厚礼一份份献上。

快起身吧，君王，各国君主赶来朝贺，

等陛下接见，早已恭候在殿堂。

快起身吧，君王，欢庆胜利的玫瑰已经开放，

去欣赏初绽的花儿，饮几杯鲜红的酒浆。

快起身吧，君王，人们早已伺候在马球场上，

等陛下去一显身手，来回奔驰几趟。

快起身吧，君王，年年在你宫前花园中，

都赶来两千头大象供陛下玩赏。

快起身吧，君王，战士锦袍已缝制完成，

如今已全部收存在库房。

快起身吧，君王，你心爱的王子前来朝见，

他多么希望上殿叩安，一睹你的圣颜。

唉，你睡得如此深沉，谁能使你醒来？

高声呐喊也无法使你再把眼睛睁开。

你如真想一觉睡去不再苏醒，

天下之主呵，哪怕只醒一次，把江山交爱子继承。

你从不高枕酣睡，不，这不是你的习惯，

没人见你如此深沉地长眠，

你天生愿在马上奔驰，在旅途跋涉，

身罹重病也不愿在安静悠闲中过活。

你生前不是戎马倥偬就是准备出征，

1　玛赫穆德在位时曾十二次出征印度，进行掠夺。

奔波征战把你躯体的精力耗尽。

兴师远征，终有一天班师回还，

出征并不令人悲痛，纵令征途艰难。

如今你又出征了，但此番征途遥远，

茫茫望不到尽头，哪里才是终点？

你真应在家中稍留片刻，

让骨肉亲人再看一看你的容颜。

君王呵，过去每逢秋季你才出征远行，

今年为何如此匆忙，春天就要启程？

陛下怎能忍受如此长久的别离，

抛下你抚养成人的王子，我的兄弟。

他哭你哭得身体似发丝一样纤细，

郁金香似的面颊焦黄得像一枚金币。

君王呀，他在你的宫门前沉痛地哭泣，

眼中的热泪把面颊一遍遍冲洗。

他的哀愁似一团烈火燃烧在心里，

火星与浓烟缕缕地冲向天际。

王子为你哀伤，陛下，这有何可怪，

连敌人都为你而日夜愁锁胸怀。

飞禽与游鱼都像妇人一样为你哭泣；

它们与我们同声哀悼你辞世而去。

胜利宫[1]日夜伏身在你灵柩之上，

像乌云洒雨，为你痛哭悲伤。

你曾逼得一个个国王栖身碉堡，声威远震，

可你畏惧谁的威严，也到碉堡[2]存身？

原野般的园林你尚且感到狭窄拘束，

1　胜利宫：玛赫穆德的宫殿名。

2　碉堡：这里喻指坟墓。

在那狭窄的去处[1]你如何把时光苦度。

这人世并未真正懂得你的价值，

大智者并不过分贪恋人世。

世界的魅力、价值和意义全在于产生了你。

你一旦离去，这三者也立即销声匿迹。

为赞扬你，诗人才唱出激越的诗篇，

你一旦离去，诗坛立即一片寂然。

君王呵，祖国由于有你而扬眉吐气，

君王呵，你的国家从未烙上耻辱的印记。

你劳碌奔波都是为履行主的旨意。

为真主效劳，赴汤蹈火在所不惜。

君主长眠地下，而我们还活在世上。

我何必死死认定确实发生了不幸。

何不作别样设想，让心儿获得片刻安宁。

或许昨夜君王醉酒，此刻仍沉睡未醒？

迟迟尚未起身，莫不是沉醉昏晕头疼？

请千万不要喧哗，把战鼓如此敲响，

不要惊破君王美梦，他睡得多么安详。

该醒来了，君王，天下之主，王中之王，

快迈步出宫，你已久久坠入梦乡。

快起身吧，君王，这世界纷扰动荡，

快去讨平叛乱，让人们过得平安欢畅。

快起身吧，君王，果努支又聚集了军旅。

快赶到那里，把火投到敌人头上。

快起身吧，君王，四方君主派来了使臣，

愿主宽赦你的过错——不，你从未曾

犯过错误，也不必向主祈求宽恕。

呵，仁慈善良功勋卓著的君王，

1　狭窄的去处：也指坟墓。

继承者将忠于你的事业，你的英名将永存世上。

愿你的继承者能宽慰痛苦的心，

因你辞世，他胸中燃烧着火样的悲辛。

愿真主在彼世能使你称心如意，

愿你早升天堂，奖掖你的丰功伟绩。

自荐诗（节选）

我从西斯坦随西斯坦商队来到这里，
身披一件以心灵与生命编织的锦衣。
语言是这件锦衣的经纬丝缕，
辞藻是这件锦衣的花纹印记。
这锦衣的每根经线都出自内心，
这锦衣的每根纬线都发自胸臆。
这锦衣要多华丽有多华丽，
这锦衣要多新奇有多新奇。
这锦衣抛到水中也永不腐烂，
这锦衣投到火中也不惧火的洗礼。
地上灰尘不能遮暗它的颜色，
时光流逝不能磨损它的质地。
我匆匆写就，介绍我的身世，
又反复推敲使它流畅达意。
理智时时向我频传喜讯：
它会使你丰衣足食名闻寰宇。

张鸿年　译

玛努切赫里

（出生年不详，卒于一〇四〇年）

　　玛努切赫里，全名阿卜·纳吉姆·阿赫迈德·玛努切赫里，曾在多处宫廷中担任宫廷诗人。除创作应景的颂诗外，诗人以描写风光的诗见长。本集收录的《烛》一诗为其代表作。诗人以烛自拟，寄托了自己的理想和信念。除此之外，玛努切赫里与法罗西相同，在诗歌中透露出对人世的憎恶、对命运无常的感慨以及及时行乐的思想，被认为是海亚姆的先行者。

烛

你把生命之光顶在头顶，

我们的生命是心灵，你的身躯包裹着生命。

你的身躯每刻都供你生命之光燃烧，

你的生命之光每刻都把你的身躯消耗。

若不是星星，为何你只在夜里出现？

若不是恋人，为何泪水不干？

你是星星，你的天空乃是石蜡，

你是恋人，你的情人乃是烛盘。

人人都把衣衫穿在身体外面，

而你的身体却包裹着你的衣衫。

你死去后，一点星火又使你复活，

你生病时，为你治病只需把颈项轻拨。

你时而哭时而笑，多么令人惊异，

情人与钟情者、神与拜神者集于一体。

你蓄芳吐艳，并不待三月阳春，

你花落枝残，也并不待秋季。

你没有眼睛却暗自啜泣，

你没有口唇却面带笑意。

你真像我，我也真的像你，

我们都对别人充满深情，

而又都苦苦折磨自己。

为了朋友，我们甘愿焚烧净尽，

让朋友心满意足，自己忍受艰辛。

我们都悲伤哭泣，面色焦黄忍受折磨，

我们都心焦神疲，备尝苦辛无比寂寞。

在我心中激荡的，你顶在头上，

你顶在头上的，在我心中激荡。

你是我的知己，你是我的知音，

你时时给我安慰，我们同命同心。

你的颜面是黎明初绽的鲜花，

我的面孔似草坪上凋落的花瓣。

人们都白日不睡，可是我为了你，

却白日昏睡，彻夜不眠。

你放射着光芒，而我深情地坐在你身旁，

每夜都通宵达旦，

诵读阿卜卡赛姆·哈桑的诗篇[1]。

---

1 诗篇：《昂萨里》。

葡萄女儿

清早，农夫匆匆走出家门，
他脚步轻捷，向前直奔。
到了葡萄园，打开园门，
把葡萄女儿的健康探询，
可是，他竟未看到一个处女，
个个面黄肌瘦，身怀有孕。

农夫问道："孩子们，发生了什么事情？
谁窥视了你们遮盖住的面孔？
谁把你们这些清白女儿引出园门？
谁破坏了你们的主赐的贞操？
我回家时，何人到此捣乱寻衅？
快快讲清，为什么身怀有孕？

"自从你们的母亲说：'我产下了婴儿。'
我就悉心把你们照料，
我把你们的园门锁牢，
一周又一周，园门从不打开，
我不准不三不四的人进来。
我祝福你们快快成长，
维护良好声誉，身体苗壮。

"可是，今天我见你们个个身怀有孕，
痛苦不堪，拖着沉重之身，
粉色的面庞日渐憔悴，
子宫中的胎儿日日成长，

双乳内生发出流不完的乳汁，
大腹便便，面色日呈焦黄。

"我要对你们进行惩罚，
我要砍断你们的躯体。
我要把你们关进牢房，不再关心，
当我再来巡视你们的时候，
我就把你们踩得碎骨粉身，
因为你们本不配加意照料体贴温存。"

农夫走开，但又立即返回果园，
抽出一把快刀把葡萄的喉咙割断。
然后，连枝带叶装进果筐，
装不下时，就狠狠把它塞满。
他背上果筐大步回家，
把葡萄堆在仓房里面。

然后，他取葡萄放入一个石槽，
两万次用双脚把她们践踏。
从烂浆中拣出枝条硬梗，
槽中的葡萄已分不出皮肉乳浆。
日夜禁锢，不许越出石槽一步，
任鲜血从她们身上滴滴流淌。

后来把石槽中取出的枝条硬梗，
毫不吝惜地抛到远处。
从浆汁中汲取她们的血液精华，
再送到牢中封闭禁锢。
三个月对她们不闻不问，
他深知不会因行凶而受到惩处。

终于一天他兴高采烈快步上前，
打开封口，伏身仔细察看。
他悄悄望了望监中的囚犯，
不禁喜出望外，欢笑开颜：
他看到那么多绚烂的玫瑰与茉莉，
花坛的花儿也没有如此娇艳。

他开口说道："那天我把你们杀害，
把你们的身躯封入一个大罐。
用黄土加清水和了一撮稀泥，
用稀泥把罐口牢牢封闭。
然后，在罐口的泥上划个记痕，
我说过，让你们永世不得翻身。

"可是，你们身囚罐中反而更加得意，
比过去更加纯洁，更加艳丽，
你们获得新的生命全身充满活力，
你们得到升华，更加芳香浓郁。
确实新的生命在成长，在凝聚，
而我，今后再不会对你们蛮横无礼。"

说话时，他拿来一只大杯，
把酒杯在手中高高举起，
这时，他脸颊上泛出红光，
鼻孔里透入一股异香。
他自语道："饮下这香甜的美酒，
恭祝公正而神威远震的国王健康。"

张鸿年　译

纳赛尔·霍斯鲁
（一〇〇四年至一〇八八年）

　　纳赛尔·霍斯鲁是一位伊斯玛仪派波斯诗人。他生于官宦之家，精通哲学、宗教、天文、医学以及各种语言。他早年在塞尔柱宫廷任职，中年开始了为时七年的麦加朝圣。其间，他不仅游历了中东、北非各地，完成了兼具文学和史学价值的《旅行记》，同时皈依了伊斯玛仪派。自此，纳赛尔·霍斯鲁开始了颠沛流离的流亡生涯和最后几十年的隐居生活。纳赛尔·霍斯鲁的诗歌有两万余联流传至今，包括颂体诗、短诗以及箴言诗。大部分诗作是诗人中年开始游历后的作品，多描述其四处流亡和山中栖身的艰难经历以及阐发伊斯玛仪派的宗教观点主张。纳赛尔·霍斯鲁非常重视对知识的赞扬，特别强调与伊斯玛仪派学说相结合的哲学和神学知识，这在《书》和《知识之果》两首诗中皆有体现。

书

单居独处时我有一位挚友，

它与我倾心交谈为我排解忧愁。

它无耳聆听，却能开口发言，

无忧无虑，能为人驱散愁烦。

它有一个脊背却有千张面孔，

张张面孔吹拂着和煦的春风。

有时，我拍拍它的后背，

因见它脸上落满灰尘，

它虽开口讲话，但却不出声音，

有时闭口不语，那是未遇明智的知音。

它的话语句句是警世的妙论，

出言不俗，这样的朋友何处找寻？

我时时造访，顾盼它的面孔，

把古圣先贤的真知教导重温。

知识之果

请不要埋怨蔚蓝色的苍穹，

应从头脑中把愚昧的傲气扫净。

那高高的云天本无甚过错，

明智人不应把无罪者谴责。

自原始洪荒世理本已确定：

天道磨人，而人只能屈从。

如若你自己的使命星晦暗不明，

就更不应指望上苍对你厚爱垂青。

人当然没有神人天仙的外貌，

但修养举止却可以似仙人般纯洁崇高。

不见阳春伊始，在原野之上，

初绽的郁金香似星星般明亮。

郁金香鲜艳耀眼似颗颗明星，

花儿从星星那里借得耀眼的光明。

你如此聪明俊秀，何不从贤士身上，

学习优秀品质，变得纯洁高尚？

看那乍放的水仙，它头上黄白相间，

似亚历山大的金银雕饰的王冠。

那香橼的叶儿翠绿，果实橙黄，

多像恺撒的五彩缤纷的锦帐。

一事无成的人似一棵白杨，

连一个果实也没挂在它的枝上。

你若刻苦攻读不自暴自弃，

日后定能学有所成出人头地。

人们都把不结果的树劈作柴烧，

不结果实活该遭此恶报，

知识之果如若挂满你的枝头，

青天也会在你面前低头俯首。

南　瓜

听说一棵南瓜长在梧桐树下，

只过了二十天便似那树一样高大。

于是它问梧桐："借问青春几何？"

梧桐答道："三十年光阴匆匆流过。"

南瓜哂笑："看我只活了二十天，

却比你还高，你因何长得如此缓慢？"

梧桐答道："南瓜呵，要比较并不在今天，

今天，你我之间无法相比，

明日，当秋风掠过我们身边，

才看出谁是懦夫，谁是好汉。"

鹰

一天，一只鹰飞向云天高处，

振翅高翔，意在捕捉猎物。

它舒展双翅得意地开口讲话：

世上万物全在我的羽翼之下。

我腾空展翅，一切尽收眼底，

连那沧海一粟，水中的微粒。

如若垃圾堆上一只蚊子蠕动，

我也看得清楚，历历分明。

它这是狂傲无知忘记了命运，

看乖戾的苍天如何惩罚世人。

猛然，从暗处飞出一支利箭，

命定的利箭径直射向云天。

可巧一箭射中鹰的羽翼，

它从云天高处，一头跌落平地。

鹰在地上挣扎似落岸之鱼，

上下左右抖动自己的羽翼，

它说："这玩艺本是铁木制成的，

为何能飞，锋利得致人死命？"

突然，它发现自家的翎毛装在箭身，

才明白是自作自受不必怨天尤人。

致诗人

你想要写诗维持生计，

就应学会吟唱精于韵律。

你还要多少次歌唱郁金香与白杨？

歌唱飘香的美发和如月的面庞？

你以知识和珠玉般的语言去唱赞歌，

知不知道这是把愚昧与卑劣传播？

你以诗歌颂扬贪欲与谎言，

难道不知谎言是对教义的背叛？

而我却从未把波斯语高贵的珍珠，

抛撒在猪猡们的脚下。

霍拉桑啊

有谁向我这潦倒落魄的人通报一声，

霍拉桑啊，我离开后你是什么情景？

你仍是我新春看到的热闹景象吗？

如若你没有变化，请回答我一声。

你的树木可仍身披绿衫？

棵棵树梢上可仍丹赤耀眼？

阳春三月，春风掠过平原，

为平原铺上一层中国与罗马锦缎。

初夏，一颗颗五彩缤纷的珍珠，

撒向果园，这大地的新人，

水仙头顶是否仍戴着王冠，

王冠上晶莹的珍珠衬以黄金托盘。

你若仍是以前一样繁荣景象，

我祝福你，愿你一切如意吉祥。

而我，离开了你却孤苦恓惶，

虽然，我不在身旁你未改变模样。

时光，无声无息地飘逝而去，

在我的黑发上撒下一层白霜。

我本来神采焕发，面颊红润。

无情的世道使我面颊枯萎焦黄。

乖戾的人世压弯了我的腰，

本来似"阿列夫"[1]，如今像"努恩"[2]一样。

卑劣之徒把我从家乡赶出，

---

1 "阿列夫"：阿拉伯文字母，形状如人直立。
2 "努恩"：阿拉伯文字母，形状如人躬身。

他们把自己的祈祷早已遗忘。
霍拉桑如今成了小人横行之地，
正直人与小人不能共居一堂。
只有被恶棍赶出家乡的人，
才能体会我的处境多么凄凉。

张鸿年　译

欧玛尔·海亚姆

（一〇四八年至一一二二年）

　　欧玛尔·海亚姆博学多才，在数学、天文、医学、哲学、诗歌等领域均有造诣。他生于内沙普尔，擅长写作四行诗，即柔巴依或鲁拜。海亚姆的四行诗语言朴实精练，或创造一种境界，或描绘一幅图画，或提出一个问题，又或说明一个道理。全诗充满智慧和哲理，展现了诗人作为哲学家对宇宙、世界和人生的思考。

　　海亚姆的诗歌在十九世纪末被英国人菲茨杰拉德译为英文后开始在世界上广为流传，被翻译为多种语言，在世界文学中具有重要的地位。而在中国，海亚姆的诗歌早在十四世纪初就出现在一块碑刻上。"五四"时期，郭沫若、闻一多、胡适等人也开始转译菲茨杰拉德的英译本，认为海亚姆的思想契合了"五四"精神。至今，海亚姆的诗集中译本已多达二十余种，可见国人对海亚姆的喜爱之情。本集收录的诗歌皆为从波斯文原文译出。

四行诗选

一

我们来去匆匆的世界如同圆轮，
既没有开始，也没有结束。
没有人能告诉我们此中真谛：
我们来自何方，又去往何处？

二

这"存在"之海究竟源自何处，
无人能洞悉真相，如洞穿珍珠。
每个人都茫然呢喃着片言只语，
却都无法揭示存在的本来面目。

三

心灵在知识中遨游，无拘无束，
似乎没有什么秘密我未曾洞悉。
人生七十二载，我在日夜思索，
却发觉自己对世界仍一无所知。

四

那栖身于天空中的点点繁星，
曾引起多少智者的苦苦思量。

啊，千万莫丢失了智慧的线索，
要知道：博学的人们同样彷徨。

五

谁能够用泥沼将太阳之光掩盖，
谁能够道破这岁月的奥妙无穷。
智慧从思想之海中捕获了珍珠，
却由于畏惧，不敢将它打洞穿孔。

六

宇宙的转轮让我们困惑彷徨，
仿佛一个不停旋转的走马灯：
太阳似灯火，世界如灯笼，
我们就如影像，在其中转动。

七

心儿呀，你解不开这千古难题，
也读不懂先贤圣哲的微言要义。
来吧，用绿荫和酒构筑我们的天堂，
传说中的天堂能否抵达，还是个谜。

八

善与恶与生俱来，在天性中隐藏，
悲与欢早已注定，无关你的愿望。
不要相信星辰天象，理智告诉我：
星辰奈何不了天命，像你我一样。

九

生命只有两日时光，转瞬即逝，
似风吹过原野，似水流过小溪。
我从来不为两天的悲伤而挂怀：
一天尚未来临，一天已经逝去。

十

"岁月"如农夫，我们却像谷种，
播下后又被收割，悲伤能有何用。
不如珍惜杯中物，为我将酒斟满，
一切都已注定，喝吧，忘掉伤痛。

十一

心哪，就算人间万事如你所愿，
如同一座芳草萋萋的欢乐花园。
生命不过是草尖的一滴露水，
夜间凝聚成珠，清晨消失不见。

十二

有人在大地的沙床上做着美梦，
也有人在黄土的掩埋下长梦不醒。
我凝视那无边的"虚无"之荒漠，
见有人匆匆离去，有人尚未启程。

十三

在这"尘世"的荒漠中降生为人，
除了悲伤，一无所获，直至终老。
那些已经离去的人是多么幸福啊，
可叹有些人还茫茫然来尘世报到。

十四

若能像耶兹丹[1]将一切握于掌中，
我将把世界彻底消灭，毫不遗憾。
然后从头创造一个全新的世界，
让高尚的人们都自由地实现心愿。

十五

苍穹在我心灵之耳畔悄声低语：
你可知我的命运并不由我做主。
假如我能随心掌握如何运行，
早将自己从旋转的晕眩中救出！

十六

这座被称为"尘世"的古老客栈，
是白昼与黑夜之马的栖身之处；
是千百个贾姆西德[2]享用过的盛宴，
也是千百个巴赫拉姆长眠的坟墓。

1　耶兹丹：伊朗古老神话中的神。
2　贾姆西德：贾姆，波斯神话传说中的著名帝王。

十七

像新春的郁金香一样高举酒杯，
春光里有笑靥如花的美人相陪。
开怀畅饮吧，你可知转眼之间
苍天就会把你变得尘土般低微。

十八

贾姆曾在此饮酒行乐的皇家宫殿，
如今已成麋鹿和狐狸安居的乐园。
终生以猎取野驴为乐的巴赫拉姆[1]，
如今也被坟墓吞噬，在地下长眠。

十九

有人已经老去，有人却刚获新生，
人人都有自己的目标和人生轨迹。
这苍老的岁月何曾为谁停留片刻，
我们来了走了，又有人来而复去。

二十

我看见一只小鸟落在图斯[2]城墙上，
跟前赫然放着凯卡乌斯[3]的头颅。

1　巴赫拉姆：波斯萨珊王朝君王，擅长打猎。波斯语中"野驴"与"坟墓"
　两词拼写相同。此处一语双关。
2　图斯：地名，在呼罗珊，伊朗东部的历史文化名城。
3　凯卡乌斯：波斯神话传说中凯扬王朝的强大帝王。

小鸟对它不停感慨："遗憾哪，遗憾，
你那公正的钟声与鼓声，今在何处？"

二十一

清晨时分，唤醒幸运的美人，
唱一支小曲，再把酒杯斟满。
你看这春去秋来，光阴流逝，
曾将多少贾姆和凯[1]埋入黄泉。

二十二

喝吧，你将在黄土下度过漫长时光，
没有知己朋友，也没有佳偶成双。
当心啊，不要对任何人泄露秘密：
郁金香一旦凋谢，就不会再度开放。

二十三

曾是一滴水珠，投入大海的怀抱，
曾是一粒尘埃，与大地合为一体。
我们来到这人世，究竟为了什么？
好似蚊蝇飞来，转眼不见了踪迹。

二十四

离我远去了，情投意合的朋友，
一个接一个做了死神的阶下囚。

---

1 凯：波斯神话传说中凯扬王朝帝王的称号。

"生命之宴"上喝着相同之物，
他们不过比我早两巡喝醉了酒。

二十五

这条漫漫长路上曾有多少人走过，
谁曾回来把尘世奥秘向我们揭开？
站在这欲念与希望的十字路口，
什么也别留下，因为你不会再回来。

二十六

每一刻都有人降生，说："我在这里！"
春风得意尽情享乐，说："我在这里！"
正当他扬扬自得，坐拥眼前的一切，
窥伺已久的死神忽然说："我在这里！"

二十七

孩提时代，我们都曾去拜师学艺，
到后来，也都功成名就，满心欢喜。
听听我们的结局吧，人生不过如此：
仿佛水一般流过，又像风一样消逝。

二十八

这酒壶像我一样曾是个痴情人，
也曾在美人的弯曲秀发中沉迷。
看哪，这壶颈上那细长的手柄，
昔日也曾将美人玉颈拥在怀里。

二十九

在你我之前，晨昏昼夜早已存在，
旋转的宇宙日夜工作，忙碌不休。
轻一点，当你在小路上移动脚步，
脚下泥尘也许就是昔日佳人的明眸。

三十

绿茵上，有多少棵小草青青，
都曾是美人婀娜多姿的倩影。
轻轻地，拂去衣袖上的微尘，
那是当年美人娇颜，今已凋零。

三十一

如果造化让你如愿，哪怕只有片刻，
也应快乐享受，不管它曾多么不公。
在智者眼中，你的血肉之躯不过是
一粒尘，一团火，一滴露，一阵风。

三十二

昨晚，我独自来到一个陶艺作坊，
陶罐千只，似无言，又似脉脉倾诉。
突然间，似听见一只陶罐高声问道：
"制罐人、卖罐人和买罐人，今在何处？"

三十三

看啊，一朵朵玫瑰在春风中盛开，
夜莺都在为玫瑰的美丽大声喝彩。
在花丛中安坐片刻吧，多少鲜花
将零落成泥，我们也将化作尘埃。

三十四

在陶工的作坊中，我买到一个陶壶，
它告诉我许多往昔的秘密，令人唏嘘：
"我曾经贵为君王，手捧金杯银盏，
如今成了酒壶，在酒徒手中传来传去。"

三十五

昨夜，我酩酊大醉，神志恍惚，
失手把琉璃酒杯摔碎在青石板上。
我仿佛听到酒杯在耳边轻声哀吟：
"我曾经像你，你也将像我一样！"

三十六

爱人啊，让我们举起杯来开怀畅饮，
忘却烦恼，在这绿野上的潺潺溪畔。
尘世间有多少亭亭玉立的如花少女，
都已经被岁月之手变作酒盏和陶罐。

三十七

曾如青丝般的秀发，郁金香般的容颜，
还有翠柏一样的婀娜身姿，仪态万千。
当我们在黄土下相会，一切都成乌有，
永恒的"画家"，当初何必将我精心装扮？

三十八

一只酒杯，谁将它抟造得如此精美？
如同珍宝，酒徒也不忍心随手打碎。
怀着怎样的爱，当初将其精心制作？
又怀着怎样的恨，如今将其无情摧毁？

三十九

呵，人生的"青春之书"已经翻过，
生命的春天悄然离去，无法挽留。
那只名字叫"青春"的欢乐小鸟，
不知何时来过，又已在何时飞走。

四十

智慧的创造者制作了这只酒杯，
曾有多少爱吻落在它前额与双眉。
"岁月"的陶工柱将它精心制作，
过后却又随意抛掷，任由它摔碎。

四十一

啊，多希望这尘世可做安身之处，
长路漫漫，何时才能够停下脚步。
多希望，经历了千万年追寻之后，
"希望"的绿芽会从黄土中萌出。

四十二

一个健康身体，一份糊口面包，
还有一个可以栖身的安乐小窝；
不为他人奴役，也不奴役他人，
——快乐享受吧，多美妙的生活！

四十三

通古博今的智者胸中自有丘壑，
如同凤凰要找隐秘的栖身之所。
你看那蕴藏着大海奥秘的水滴，
变成明珠前，需要隐身于贝壳。

四十四

酒之乐，贵在与智者把盏共饮，
又或是与如花的美人开怀畅饮。
切勿贪杯过量，也莫公然狂饮，
应少饮，偶尔一饮，悄悄欢饮。

四十五

有人在教义中冥思苦想，找寻真相，
也有人在怀疑与信仰之间徘徊迷惘。
突然间，从某个角落传来一声呐喊：
痴人啊，路不在彼岸，也不在此乡！

四十六

新春，玫瑰缀满露珠，多么美妙，
芳草如茵，佳人如花，多么美妙！
昨日已逝，多少叹息都于事无补，
来吧，莫提往事，今朝多么美妙！

四十七

不知造物主为我注定了怎样的命运，
飞登美妙天堂，或是堕入可怖地狱？
饮美酒，伴佳人，在田间拨动琴弦，
此三者于我足矣，天堂虽妙由你去。

四十八

花开时节，小溪边，青草旁，
约二三知己，携天仙般女郎。
爱酒人高举酒杯，开怀畅饮，
不记得清真寺，也忘却了教堂。

四十九

明月的清辉掀开了静夜的衣裙，
再难寻找比这一刻更美的光景。
乘月色尽情畅饮吧，你可知道：
月光来年将夜夜空照你我的坟茔。

五十

夜莺在花间翩飞，为爱情陶然欲醉，
满园玫瑰盛开，像在邀人斟满酒杯。
似有无声的心语在我耳边轻轻呢喃：
"盛放的生命一旦逝去就无法挽回。"

五十一

人生不停留，不论在巴格达或巴尔赫[1]，
生命之杯终须斟满，不管酒是苦是甜。
举杯吧，你我走后，只有月色如故，
圆而缺，缺复圆，岁岁年年永不变。

五十二

可叹啊，生命的驼队已匆匆上路，
珍惜吧，让眼前的欢乐暂且驻足。
斟酒人，莫担心明朝谁会来沽酒，
拿酒来，君不见今宵又将悄然结束。

---

1 巴尔赫：地名，历史名城，在中亚。

五十三

生命中逝去的每一个呼吸瞬间，
都应尽情欢度，莫空留烦忧。
生命是"存在国"里最珍贵之物，
你可知它稍纵即逝，永不回头。

五十四

听说在那云霄之上的仙境天堂，
处处是美酒佳酿，还有明眸女郎。
假如我们在尘世爱着美酒佳人，
何罪之有？所谓天堂也不过这样。

五十五

纵然人生变故多，何须烦忧，
世事如烟难长久，何须烦忧。
尽情享受这一刻，及时行乐，
前世来生都是梦，何须烦忧！

五十六

来吧，朋友，不要为明日担忧，
惜取眼前人，切莫让韶光虚度。
明日，我们将辞别"尘世"古寺，
与七千载"岁月"老人朝夕相处。

五十七

何不手拉手一起把欢乐寻觅，
且歌且舞，把悲伤抛掷脚底。
拂晓前，再畅饮一杯晨酒，
清晨来到时，我们已归于沉寂。

五十八

昨日已逝，何须为其劳神挂牵，
明日未至，不必将它高声呼唤。
昨日与明日，全都似无根之树，
行乐吧，莫要让生命随风消散。

五十九

斟酒人啊，逝者已矣，一去不回，
多少人在"虚无"之土下沉睡。
饮尽杯中酒，记住这警世箴言：
世事纷纭，都不过是一阵风吹。

六十

何须为人生的得失伤心感慨，
何须为尘世的悲欢耿耿于怀。
斟满酒，你永远也无法预知：
吸入这口气，能否再呼出来？

王一丹　译

哈冈尼

（约一一二六年至约一一九八年）

　　哈冈尼，全名阿夫扎尔丁·巴迪尔·本·阿里·奥斯曼尼，笔名哈冈尼。哈冈尼自幼聪慧，很早就开始诗歌创作，体裁包括颂体诗、抒情诗和四行诗等。哈冈尼自年轻时便渴望远行，几经波折终踏上朝觐之旅。其间，他完成了自传游记《来自两个伊拉克的礼物》。在担任宫廷诗人期间，哈冈尼个性耿直，不善逢迎，因此多次入狱。他个人复杂的身份、教育和宗教背景为其诗歌带来了深刻而繁复的特点，其闻名的监狱诗也拓展了波斯古典诗歌类型。本集选录的《麦达因的殿堂》描述了诗人在朝觐归途中经过古波斯帝国都城遗址而抒发的对沧海桑田的感慨。

麦达因[1]的殿堂

呵，心儿，你谨记浮沉兴亡，请睁眼细看，

它会给你几许教益，这麦达因残垣。

你沿着底格里斯来到麦达因大地，

让第二条底格里斯从你眼中流溢。

底格里斯在痛苦悲泣，它焦灼的烈焰

烧得百条血泪的底格里斯奔腾不息！

底格里斯岸边泛起一片水泡，

莫不是它焦心的叹息把唇儿烧焦？

看底格里斯，痛苦的烈焰把它煎熬，

你可曾听说河水能被火烧焦？

为底格里斯而哭吧，向它缴纳你的泪珠，

而大海，又将向它收取岁赋。

底格里斯口中发出叹息，胸中燃着烈火，

半是凄凉的冷水半是折磨人的灼热。

自从皇家之链在麦达因折断，

底格里斯便被锁住，陷入百漩千转。

让我们时时以热泪凭吊这往昔的宫殿，

或许，这宫殿会向我们心灵之耳轻轻叙谈。

这宫墙的每个垛口都给人忠告和教益，

对这些忠告教益应该牢牢记取。

它在说：你本来自泥土，我是你泥土般的奴仆，

请为我一洒同情之泪，在我身边留步。

恶枭的号叫使我感到凄惨，

1　麦达因：以萨珊王朝都城泰西封（在伊朗西南部）为中心的七个古城的统
　　称，为萨珊王朝的心脏地区。

请一洒你的清泪冲走我的愁烦。

这本是天经地义，在这人世的草坪，

夜莺的欢歌之后就是恶枭的悲鸣。

我们本是仁义的殿堂尚遭此摧残，

人们该如何对待那暴虐的宫殿？

是何人把这高耸入云的殿堂夷平，

是上天的意愿还是真主的命令？

你嘲笑我痛哭悲泣眼中流出热泪，

可是到此无泪才真应该责备。

这里曾是绘满人物肖像的殿堂，

连它门前黄土也似画廊般壮丽辉煌。

这里曾经是尊贵君王的殿堂，

巴比伦国王在此打更，突厥王在此站岗。

这里曾是庄严雄伟的平台外殿，

它地毯上的雄狮敢向天狮挑战，

请开启心灵慧目，遥望往昔岁月，

这曾是一重重宫门，那里是威严的仪仗，

请弃鞍下马，站定在棋盘中央，

看那纳曼[1]，被象踩死的君王。

大地昏昏沉睡，但它饮下的并非水酒，

是帕尔维兹头颅之杯中盛的努席尔旺[2]的心血与忧愁。

当年，他的[3]王冠上铭刻几许箴言教喻。

怕有百条教喻随他的头颅埋入地底。

霍尔木兹的黄金香橼帕尔维兹的黄金韭[4]何在？

1　纳曼：库法附近小国希列的国王，希列是波斯萨珊王朝的属国。纳曼于
　　六一四年在波斯国王霍斯鲁·帕尔维兹当政时获罪被象踩死。

2　努席尔旺：又称阿努席尔旺，是波斯萨珊王朝国王（五三一年至五七九年
　　在位）。

3　他的：指阿努席尔旺。

4　黄金韭：帕尔维兹宴客时在席上摆上黄金制的韭菜做装饰。

如今他已灰飞烟灭沙封土埋。

丰盛的酒席像是栽果木的园林，

如今他已长逝，对死者不必多加议论。

你或问，如今那些头戴王冠者都已何往？

大地犹如母腹，把他们永远埋藏。

大地怀胎，难得一朝分娩，

生育艰难，但死亡却发生在瞬间。

那葡萄酿制的美酒是西琳[1]的心血，

农夫盛酒的是含有帕尔维兹尸骨的酒罐。

这大地吞噬了多少暴虐无道的君王，

再多些来客也填不饱它的饥肠。

看这白眉的老者与瘪乳的老妪[2]，

竟用儿女的血把自己容颜打扮梳理。

哈冈尼呵，从这永不知足的殿堂汲取教训吧，

让君王们都在你的门前讨乞。[3]

远方来客要为友人带来赠礼，

这诗就是我的礼物，出自兄弟的胸臆。

1　西琳：帕尔维兹的王后。帕尔维兹与西琳的相爱故事是波斯诗人经常歌唱的主题。

2　白眉的老者与瘪乳的老妪：都喻指世界，前者指白日，后者指黑夜。

3　指世上荣华富贵都不足重视，能舍弃就比君王们还高贵。

贪　欲

哈冈尼呵！不要为讨块大饼而颜面扫地，
人前受辱完全是由于自己的贪欲。
在人们眼中讨取大饼或小麦并无区别，
伸手乞讨终究落得难堪无趣。
一行行蚂蚁在路上拖块大饼，
十有八九在行人脚下断送了性命。
请看那意欲捕捉鱼儿的顽童，
为诱鱼上钩，也在钩上放块面饼。
世上之人与水中之鱼有什么区别？
不都为一口食而断送性命！

张鸿年　译

内扎米

（一一四一年至一二〇九年）

内扎米，全名内扎米·甘哲维。他广闻博学，在神学、哲学、医学和天文学等领域都有一定的造诣。内扎米擅长抒情诗和叙事诗。他的代表作《五卷诗》包含五部诗作，有宗教劝诫的《秘宝之库》，有爱情叙事诗《霍斯鲁和西琳》和《蕾莉与马杰农》等，也有传记文学《亚历山大书》和《七美人》。这些故事很多由《列王纪》的人物形象和故事情节生发，不仅继承和发展了菲尔多西通过史诗《列王纪》开创的叙事诗传统，而且在语言和艺术上发挥个人特色，为波斯叙事诗带来新的风气。内扎米的《五卷诗》在西亚和中东地区影响深远，成为后世诗人竞相模仿和再创造的源头。十八世纪末始，内扎米的作品开始走向世界，受到歌德的赞扬，之后被融入到文学、音乐、电影等多种艺术形式的创作中。

霍斯鲁和西琳（节选一）

——爱的颂歌

宇宙中除了爱再无神圣殿堂，

无爱的人世一片冷寂荒凉。

做爱情的奴仆吧，这才是人生真谛，

有心人莫不对爱情以身相许。

世间除了爱，一切都是骗人的诡计，

除了爱情，一切都无非是逢场作戏。

一颗心如若没有孕育着爱情，

那么，这颗心怎么会有生命？

无爱的心定然陷于痛苦忧伤，

纵有百条生命实际也已死亡。

纵使爱情没有任何神奇魅力，

它确能使你摆脱无谓的忧虑。

没有爱的种子谁的庄稼也不能生长，

没有爱的鼓舞谁也不会有纯真的理想。

世上什么能与爱情的灼痛相比？

没有爱，花儿不开放，乌云不落雨。

情人，如若没有磁铁般的吸引力，

怎能倾心相爱，似磁与铁永不分离？

如若青天冷漠淡然，薄情寡义，

大地岂能郁郁葱葱，一抹翠绿。

霍斯鲁与西琳（节选二）[1]

国王听到人们的碎语闲言，

忙下令召石匠立即上殿。

见面便问："你来自何方？"

他答道："我来自爱情之乡。"

国王问："那里的百姓以何为生？"

他答道："买进忧愁，卖出性命。"

国王说："出卖性命，违情背理。"

他说道："有情人的本色，何必惊异。"

国王问："有情人卖命，心甘情愿？"

他答道："心甘情愿，奉献生命毫无怨言。"

国王："你如何看待西琳的爱情？"

他答道："她的爱情胜过我宝贵的生命。"

国王问："你可像梦中望月，夜夜与她相见？"

他答道："入梦定然相见，但哪夜我能合眼？"

国王："你的心何时才摆脱这爱情的羁绊？"

他答道："要到我生命终结，在地底长眠。"

国王问："你该做什么呢，若漫步在她的庭院？"

他答道："我会伏身叩首，拜倒在她面前。"

国王问："如若她刺伤你的眼，你该怎么办？"

他答道："我会立即献上另一只未伤的眼。"

国王问："如若有人把她夺走你该怎么办？"

他答道："即便此人是顽石我也要用铁锤把他砸烂！"

国王问："如果你与她无法接近，无缘见面怎么办？"

他答道："皎月在天边依然可以观看。"

---

1 这是长诗《霍斯鲁与西琳》中的一段对话。国王即霍斯鲁，石匠即法尔
哈德，两人都爱西琳。

149

国王说："远处赏月总觉意犹未尽。"

他说道："遥望明月更能温暖有情人的心。"

国王问："如若她要求你的一切归她所有？"

他答道："为此，我已三番五次向真主恳求。"

国王问："如若她竟然要你的头颅？"

他答道："我便立即奉献，毫不踌躇。"

国王说："你要从心里抛弃对她的爱情。"

他答道："有情人岂能对爱情不忠。"

国王说："此事本属荒唐，你应退步抽身。"

他答道："说什么退步抽身，我生来不是这样的人。"

国王说："你要克制忍耐，虽然痛苦！"

他答道："生命不惜，讲忍耐有什么用处？"

国王说："遇事忍耐不会感到难堪。"

他说道："有心才能忍耐，我的心已不在胸间！"

国王说："你的一生完全毁于爱情。"

他说道："对我，有什么事业比爱情更重？"

国王问："只需把她记在心中，何必为她牺牲性命？"

他答道："失去情人，我便有命无心，有心无命。"

国王问："你只为她忧伤，又对什么畏惧？"

他答道："怕就怕与她痛苦地分离。"

国王问："你可需要一个情妇好好陪伴？"

他答道："或许需要，当我不在人间。"

国王说："从此心中不要再想西琳的爱情！"

他答道："没有她的爱情哪还有我的生命。"

国王说："她早已属于我，从此别再思念西琳。"

他答道："这怎么可能呢，法尔哈德对西琳一往情深。"

国王问："如若我望她的面庞，你该怎么办？"

他答道："我焦心的长叹会使世界化为飞烟。"

至此，霍斯鲁已词穷计拙，

只好不再继续把他逼迫。

蕾莉与马杰农（节选）[1]

一

正思索间，一名使者飞马到面前，
送来国王陛下尊贵的信函。
派人下书，那是王上的御笔，
十几行的信文字字隽秀飘逸。
每个字都像是鲜花怒放的花园，
字字都赛过夜明珠，莹光闪闪。
"啊，内扎米，我亲密的好友，
你妙笔生花，是诗坛上的高手。
请快从黎明的甜睡中奋起，
创造迷人的新的长歌一曲。
在绚烂多彩的诗坛上面，
把你惊人的才华展现。
让我们怀念马杰农的爱情，
请用珍珠般的语言把他赞颂，
蕾莉，这位超群出众的姑娘，
也请用清新的诗句把她颂扬。
让我们读你的诗，赞它如蜜样的甘甜，
点头嘉许，真美得如头上的王冠。
请用你描虹绘彩的妙笔铺洒渲染，
让它胜过一千部爱情诗篇。

1　该段摘自《蕾莉与马杰农》的序诗。序诗开头作者感慨自己年华虚度，一事无成，接下来便是这些诗句。

这部诗定将成为诗中之冠，

值得你加意描绘，着意点染。

用阿拉伯的首饰和波斯的钗环，

把这位新娘打扮得妩媚娇艳。

你可知道，我早就领略了你的语言，

不同于陈词滥调，它清丽新鲜。

堪当真金足赤摆在人们面前，

五成的货色谁不抛在一边？

请把你文思的宝匣仔细检点，

用颗颗珍珠穿成一根项链。

突厥风格不合我们的时尚，

突厥的方式我们并不欣赏。

我们身世显贵，格调高雅，

我们欣赏的是华美的词章。"

二

父亲看着儿子长大，内心欢畅，[1]

一天，从家里把他送入学堂。

让他去听从老师教导，钻研学问，

启蒙攻读诗书，日夜辛勤。

一大群孩童热热闹闹，

与葛斯[2]一同来到了学校。

新入学的儿童心怀希望与畏惧，

来此寻求知识，读书明理。

与男孩们一道的还有几位姑娘，

1　叙事诗中的男主角马杰农的父亲此前膝下无子，甚为忧虑。后得一子，
　　欣喜异常。

2　葛斯：马杰农原名。

也一同学习，成了他们的同窗。

她们来自不同部落，不同地方，

早早上学，一起来到学堂。

葛斯学习了诗文，朗朗诵读，

红宝石般的唇中喷玉吐珠。

学堂中有一颗未钻孔的珍珠[1]，

她来自另一个贝壳——另一个部族。

娇媚的姑娘没尝过人间苦痛，

像理智一样，有着良好的名声。

她的脸庞长得明月般漂亮，

翠柏似的身材吸引了赞叹的目光。

顾盼之际隐含着万种风情，

轻轻一瞥使多少人心儿跳动。

生就一双羚羊般的眼睛，

秋波暗送，真道是倾国倾城。

她的面庞美如阿拉伯夜空的月亮，

把人心搅乱，她可是突厥的姑娘？

漆黑的秀发，明灯般的容貌，

似鸟儿爪上撑一支火炬高照。

天生成一张樱桃般的小嘴，

福广命好，是一生顺遂的兆头。

能说会道，生就的俐齿伶牙，

句句话儿都抵得上千军万马，

同伴们爱她像珍视一道护身神符，

娇生惯养的姑娘出身名门大户。

她是青春赞歌中最美的诗句，

是生活之诗中的开篇的诗行。

在她散发出幽香的鬓发下面，

1　未钻孔的珍珠：一般指未成熟之物，这里指少女。

颗颗汗珠好像穿成一条项链。

天生成的红扑扑的面颊，

两道自然的黛眉不劳人工描画。

缕缕青丝和她面颊上的痣记，

配上首饰钗环更增加几许魅力。

哪一颗心不为她而烦恼着迷，

秀发如黛，她的名字就叫蕾莉[1]。

葛斯一见她的模样心中便失去主张，

倾心爱上了这美丽的姑娘。

她也爱上了葛斯，投桃报李，

两人心中一股同样的挚情泛起。

初恋的情怀恰似饮下一杯烈酒，

爱情的暖流荡漾在心头。

初次醉酒，头脑格外发昏，

未醉过的人醉意分外深沉。

好像闻到一股花香袭来，

终日幽香缭绕再难忘怀。

葛斯爱她爱得丧魄失魂，

她掠走他的心，留下他的魂。

他目不转睛地看着她的姿容颜面，

神魂颠倒，想亲吻但又不能如愿。

同窗们都专心致志寻求学问，

他们两人却爱得一往情深。

同窗们都忙于遣词造句，

他们之间却传递着自己的话语。

同窗们都一页页诵读诗书，

他们却在爱情中欢度光阴。

同学们都在做着形动词练习，

---

1 蕾莉：一词意为夜间的，转意为漆黑的。

他们却互相倾诉着心中的情意。

同学们孜孜不倦，学业日进，

他们却暗地里别有一番温存。

三

每逢树叶纷落的时光 [1]，

树枝上就似乎流出血浆。

犹如从每根枝条之中，

鲜血顺着细孔向外渗淌。

池中的水慢慢地变凉，

花园中一片憔悴枯黄。

斑驳的枝条萎缩干枯，

叶儿泛起金黄色，旋即浑黄如土。

水仙匆忙脱下自己的衣裳，

从宝座上跌落的是挺直的白杨。

茉莉的容颜显得疲惫衰老，

玫瑰花儿似愁云笼罩。

风在草上卷起黄土的立柱，

像佐哈克肩头的蛇盘旋起舞。

既然从远方袭来阵阵狂风，

叶落片片也是世理常情。

树木未曾被洪水淹没，

寒风中那树叶却片片飞落。

园中的百草显得忧郁惆怅，

一丛丛的花儿陷入阵阵迷惘。

1　蕾莉与马杰农的爱情遭到许多波折。他们相爱后，蕾莉被迫退学，后又
被迫出嫁。马杰农因而发疯，终日在荒野流浪。蕾莉约马杰农来相会后，
发现他确实已失去理智，内心极度失望和痛苦，遂忧郁而死。这里写秋
季到来和蕾莉之死。

黑人园丁精心培育果树，

修剪葡萄藤上的蔓梢。

高楼上的光秃秃的藤蔓，

搭在一棵树的枝条上面。

苹果张开它倒挂的下颌，

"你怎么了？"对石榴一声高喊。

石榴痛苦得肝脏迸裂，

它的受伤的心流出滴滴鲜血。

远处的红枣感到奇怪，

看着阿月浑子[1]把口张开。

就在这凄凉肃杀的秋天，

花样的人儿惨遭一场灾难。

蕾莉从她的锦绣青春的宝座，

一头跌进万劫不复的深渊。

毒眼[2]毁灭了她的青春的生命，

一阵寒风扑灭了她的生命之灯。

她原来披的是金丝的织锦，

如今却要换上别样的头巾[3]。

她的穿惯了绫罗绸缎的身体，

现在瘦弱得有如游丝一缕。

皎月似的面庞变得月牙般瘦弱，

亭亭玉立的身躯游魂似的抖索。

终于了结了，她心中的情意，

逼到心头了，她脑中的痴迷。

高温灼热把露珠般的泪蒸干，

狂风肆虐把郁金香似的面颊摧残。

---

1 阿月浑子：即开心果。"加注释"是中国古代对开心果的音译。

2 毒眼：指有的人眼睛不吉利，看到谁，谁就遭灾遇难。

3 别样的头巾：指要换上为死者盖头的头巾。

一阵阵高烧损坏了她的身体，

一片片燎泡在她嘴边生起。

一头栽倒像是种子深埋地里，

用丝绸的头巾把面孔遮起。

翠柏般的身躯已离不开枕头，

鹧鸪似的面庞垂在卧榻一头。

她向母亲披露了心底隐秘，

披露心事，突然把唇儿开启：

"我亲爱的妈妈，事到如今还有什么办法？

小鹿已把含毒的乳汁吞下。

我已经是一只脚跨到了门外，

对我这要走的人请别再责怪。

我受尽了折磨，这算什么爱情！

我受尽了煎熬，这算什么人生！

我常年暗自忍受，痛苦不堪，

如今，话语已经到了唇边。

此刻，我的性命已经是奄奄一息，

到时候了，我该披露心底的隐秘。

当我掀开覆盖秘密的幕布，

道一声珍重，我已经准备上路。

请伸出手再抱一抱我的双肩，

我与你本是骨血相连。

当我一旦悄然辞别人世，

悄然辞世，远离自己的亲人。

描眉黛色要用心上人的一路风尘，

穿青戴孝要的是他的一颗痴心。

喷洒的香水要用他的两行热泪，

熏香的香料要用他满腹悲辛。

他焦黄的面庞是我盛殓时的黄花，

防腐的妙药是他凄惨的叹息呻吟。

我是殉情的人，尸布要染成大红，

就像给我备办喜事，彩色馥浓。

要把我打扮得像出嫁的新娘，

入土时，盖头要蒙到头上。

我那流浪人如若得到消息，

知道我已离家启程远去。

我料定他会远道赶来奔丧，

哭灵吊孝，情深意长。

当他伏身到我的坟丘之上，

心中想念情人，眼前一片黄沙茫茫。

那荒野中的流浪人会抱住我的孤坟，

他定然会失声落泪，痛苦呻吟。

他是我的心上人，我与他亲密无比，

看到了他，你会把我忆起。

看在真主面上，对他要相待以礼，

请千万不要对他鄙视嫌弃。

你不曾了解他的心，如今可要体谅他的心情，

详详细细述说你见到的情景。

我始终对他怀着真诚的热爱，

你也要像我一样对他尽心款待。

你对他说：当蕾莉辞别这乖戾的人世，

当她挣断束缚自己的锁链，

葬身地底，仍然思念着你，

心怀着你，永远辞世而去。

她自始至终忠于对你的爱情，

最后，还是因这爱情而牺牲。

当他问到我怎么辞世远去，

你说：她走时还怀着对你的情意。

她在人世上弥留之际，

只把对你的思念怀在心里。

当她在对你的思念中把眼合上，
带走思念之情作为旅途的干粮。
此刻，她已是黄土掩身，
思念你，心中依然是千愁万恨。
她举目瞭望，看你是否随在身后，
看你何时赶上，她在频频回首。
你切莫使她久等，望眼欲穿，
早投身大地宝库，赶到她身边。"
说完这些，蕾莉满脸泪珠滚滚，
收拾打点，就要启程动身。
一旦披露了心底的秘密，
思念着情人，一丝丝地咽气。
母亲见女儿与世长辞，
犹如世界濒临末日。
她悲痛得把头巾抖散，
绺绺头发像风中柳一样散乱。
她揪着自己的头发，劈打自己的脸，
从今后再看不到爱女的眉眼。
母亲打心底深处发出凄惨的哭号，
恨不得把根根头发全都拔掉。
母亲痛哭着在青春华年去世的爱女，
血泪合流，痛惜她从此远去。
一会儿，泪珠儿溅落女儿一身，
一会儿，伏身亲吻女儿的两鬓。
她眼中的血泪长流不断，
双眼变成了血与泪的涌泉。
悼念亲人，一声声焦心的叹息，
声至天庭，仿佛青天也陪她叹气。
痛哭自己的红玉般的爱女，
全身的血像石头般凝聚。

她为皎月戴上一条星星般的项链，
心肝宝贝儿，此番一去再不回还！
依照女儿的遗言为她梳洗打扮，
玫瑰香水往鲜花上轻弹。
永别了，把她葬入地底，
让她在地下永远安息，
此后，母亲再也不出家门，
再也无需为女儿的事忧愁担心。

故　事

我曾听人讲过故事一桩，
说在木鹿[1]曾经有位国王。
国王把好多条恶狗豢养，
那狗凶狠残暴似被锁的魔王。
每条恶狗都像一头野猪，
一口能咬下骆驼的头颅。
如若有人招惹国王不满，
国王就把他抛给恶狗撕烂。
无论何人如若使国王感到讨厌，
转瞬间就成了恶狗的一顿美餐。
国王身旁有一位年轻的侍臣，
他聪明颖慧，博学多闻。
他担心国王今天对臣属和颜悦色，
一旦略有差错便会严惩不赦。
把犯罪之人抛给狗群，
让那些恶狗去惩罚他们。
他防患未然，有空就去看那群恶狗，
一来二去和养狗人交上了朋友。
他每次前去都提上一只肥羊，
把羊抛给恶狗，请它们品尝。
日久天长他竭力讨好恶狗，
功夫到家又和狗混得烂熟。
群狗牢牢记住了他的恩惠，
温顺驯良听从他的指挥。

1　木鹿：当时波斯帝国重要城市，现在阿富汗北部。

果然一天国王发现了他的错误，

不由得怒火满腔勃然大怒。

他命令他的恶狗般的群臣，

严惩那青年，把他抛给狗群。

似狗的臣属狗性发作，

对他百般凌辱连拉带拖。

他们把他绑好，抛向狗群，

自己避开，站立在远处藏身。

起初猛狮般的恶狗伸出利爪，

扑过去就要上前撕咬。

但立即认出他是自己的恩人，

便摇头摆尾，样子招人爱怜。

一只只狗都是前爪着地，

头放在前爪上伏身歇息。

群狗似热心的保姆把他照看，

就这样时光过去了一日一晚。

白昼到来，露出黎明的曙光，

黑沉沉的天边显出一丝丝金黄。

这时国王心中已略有悔意，

郁郁不乐与群臣把此事提起：

"昨夜我行事不慎，有欠思量，

把无罪之人拉去喂狗，似嫌鲁莽。

如今情况如何？快去查看一番，

看恶狗是否把那青年身躯撕烂。"

养狗人听国王讲了此话，

来见国王喊了一声："陛下，

这青年可不同凡响，是一位神人，

真主把他造就得忠厚宽仁。

请陛下起驾亲自前去查看，

远远一望便知这主造的仁人心地和善。

现在他就坐在那群恶狗的口边嘴头，
恶狗个个对他驯顺服帖，紧闭着口。
巨蟒般的恶狗一条比一条凶猛，
但却乖得连他一根毫毛也未触动。"
国王闻言忙对臣属下了命令：
"他还在人世？快去看看动静。"
侍从臣属连忙带那青年上殿，
从狗舍把他领到国王面前。
国王不禁感到十分惊异，
狗不伤他，其中定有奥秘。
他忙站起身眼中噙着泪水，
珠泪横流，请年轻人不要怪罪。
国王说道："请你讲讲其中的奥妙，
只有你一人狗口余生，不损分毫。"
年轻人说："在你囚禁我的时候，
我曾拿吃食喂过几次恶狗。
这些恶狗吃了我那么多肉，
待吃我时便不忍下口。
我为陛下奔走效劳，十年光阴漫漫，
到头来结局如此凄惨。
稍有差池，你就把我抛入狗群，
但狗通人性，不忍加害恩人。
狗都知情知意，你却翻脸不认故人，
狗都知道报德，你却不知感恩。
扔给狗一块骨头，狗会把好意牢记，
为小人卖命，他也不感念你的情意。"
国王听完这番道理顿时了然，
宽厚待人才能永保社稷平安。
犹如大梦一场，此时方醒，
从那以后不再用狗把人严惩。

我讲这个故事有这样一番用意：

施恩行善才保你永远安泰顺利。

马杰农分给一只只野兽食品，

犹如在身边组成了护卫大军。

紧急危难时能够派上用场，

恰似四周筑起了鹿寨围墙。

不论他行坐起立随时随地，

那动物卫队真个是形影不离。

你若也学习他的榜样，

准能平平安安生活在世上。

你接济的即使是哈里发国王，

他领了情也恭顺得像奴隶一样。

张鸿年　译

安瓦里

（一一二六年至一一八九年）

　　安瓦里，全名乌哈杜丁·穆罕默德·安瓦里，是一名博学多才的天文学家、数学家和诗人。安瓦里长期担任宫廷诗人，擅长颂体诗。他诗歌格律严整，用词讲究，文辞优美，常嵌入阿拉伯语词汇和科学知识，理解起来较为艰涩。本集选录的诗歌内容与其宫廷颂诗的立意不同，讲述了诗人如何看待物质利益，保持个人操守的观点和劝诫，实属难得。

乞 丐

你可听到聪明人与一个笨人交谈，

说乞丐便是我们城的高官？

笨人答：怎么会呢，他帽上一颗纽扣，

够上百个你我之辈吃喝开销多年。

聪明人说：可怜虫，这正是你糊涂之处，

你可知他如何榨取开销用度？

他马鞍上的宝石泛着你女儿的血色，

他项链上的珍珠是我女儿的泪珠。

他家罐中之水都靠你我供给，

仔细想想，这不是地道的敲骨吸髓？

收税与受贿无非都是伸手乞讨，

巧立名目并不能把事实改变分毫。

乞丐就是向别人白白伸手索取，

是苏莱曼[1]还是卡隆[2]都毫无差异。

1　苏莱曼：又译苏赖曼，安拉使者之一，达伍德之子，能统率人、精灵及
　　飞禽。

2　卡隆：又译葛伦、亚伦，以富有著称。

聪明人

明智之人应把四件事牢记在心，
这四个原则聪明人应处处遵循：
第一是应慷慨好施，若有财产，
便享用与施舍，使善名流传。
第二是切勿刺伤朋友的心，
挚友如镜，应时时往来探询。
第三是当发怒时，心想口出恶语，
应强忍愤怒，以免事后悔而无济。
第四是若有人心术不正，将你伤害，
当他向你致歉时，你应宽恕释怀。

心情坦然

当你尚有一口隔夜的大饼，

便不要承受小人的施舍恩情。

心地纯洁的人呵，你要知足常乐，

知足者心情永远轻松快活。

为人应尽量无求于人，

承受他人恩惠使人痛苦万分。

何苦一味追求玉食锦衣？

人生世上首要的是高洁的心地。

当一人拥有富裕的财产，

便应施舍济人积德行善。

有人只知施舍而决不妄取，

不妄取他人的施舍并不容易。

施舍者无疑慷慨高尚，

但是不妄取施舍更应赞扬。

四行诗一首[1]

呵，王上，无垠的大地都是你的天下，

人世间财宝万物都由你统辖。

今日一举攻克千马之堡，

明日，花剌子模及百座千马之堡全在你的治下。

张鸿年　译

1　这首诗是诗人安瓦里于一一四七年随国王桑伽尔出征花剌了模叶写的。
当时，桑伽尔围困千马堡久攻不克，安瓦里为瓦解敌人军心，写此诗以
箭射入堡中。当时被困于堡中的诗人拉席德·瓦堤瓦特也写了一联诗（采
用致花剌子模国王的语气），射回桑伽尔军中作为回答。这联诗是：呵，
王上，纵然你的敌人是鲁斯塔姆，也休想把一头驴子从堡内牵出。

萨纳伊

（一〇八〇年至约一一四〇年）

萨纳伊，全名阿布·穆加德·马哲杜德·萨纳伊·加兹纳维。萨纳伊生于一上层家庭。其早年在加兹尼宫廷里担任宫廷诗人，后放弃功名俸禄，隐居避世，成为一名苏菲诗人。萨纳伊一生创作了约一万四千联诗，包括叙事诗、抒情诗和书信集。他的颂体诗、抒情诗以及玛斯纳维开创了波斯古典诗人以此形式阐释苏菲哲理的传统，对波斯苏菲文学有着深远的影响。萨纳伊的代表作《真理之园》利用一个个短小的故事赞颂真主，讨论哲理，意在劝导人们不要追逐世俗享乐，而要学习知识，拜功行善。这部作品一直被认为是苏菲哲学教科书级的经典之作。

拒　婚[1]

我不好女色也不贪利禄功名，
凭主发誓，对这些我从不热衷。
就是你开恩，赐我以王冠，
凭你的头颅发誓，我也不为之而心动。

---

[1] 萨纳伊本为加兹尼王朝巴赫拉姆国王（一一一七年至一一五三年在位）的宫廷诗人，后思想发生变化，去麦加朝觐并游历各地，并接受了苏菲思想。一一二四年回到加兹尼后，国王表示愿把他召回宫廷，并把妹妹嫁给他，他因此写此诗作答。

故　事

一个美貌的女子在路上行走，

她禀性聪明能把男人心思猜透。

在路上，一个年轻的男人看到了她，

他心里一动，有意上前搭话，

他尾随女子身后迈步向前，

女子回头瞟了他一眼。

她说："年轻人，你因何跟在我身后？

放尊重些，为人要识耻知羞。"

那男人说："看到你我的心备受折磨，

你像奥兹拉，我就是你的瓦梅格。[1]

我担心爱你爱得我发疯，

变成浪迹荒漠的情种马杰农。

我见你如此姿色心中失去主张，

心碎片片，似瓶儿摔到石上。

我爱你爱到失去了理智，

仿佛世上一切都已消失。

我整个身心完全倾注于你，

世界对我已经失去意义。"

慧心女子见那男人愚蠢轻薄，

想方设法把他捉弄奚落。

她说："多承错爱，你确是实意真心，

但妾身卑微低贱怎配高士贤人？

如若你一睹我小妹的风采容颜，

会立时目瞪口呆，魂飞魄散。

1　瓦梅格与奥兹拉是伊朗古代传说中的一对情人。

她美得真如同十四的月亮，

十万美女中无一人比她漂亮。"

那人闻言忙请女子帮助指点，

说："请多关照把小生好事成全。"

说是爱她，但又要追求别人，

眼看着她，其实已经变心。

她狠狠打了他一记耳光，

直打得他眼冒金星鲜血流淌。

她说："你真是诡计多端三心二意，

还口口声声说'我心里爱你'。

如若对我确实是实意真心，

怎么可能心里还想着别人？

你若一颗心扑在我身上，

还怎么会又打主意，胡思乱想？

你怎么可能还去追求别人，

你哪里还有一点羞耻之心？

你若真心热恋着我一人，

哪还有心肠去另献殷勤？

如若你居然有心肠去追求别人，

可见你重的是姿色而不是重人。

轻荡者从来就给别人招来灾难，

他们只知瓜甜不知种瓜艰难。

如若一人声言爱着别人，

那就不应埋怨牢骚痛苦呻吟，

爱情之路从来不平坦宽广，

这条路上决不应怨尤反抗。

言谈话语只能表达爱情，

但爱的真谛却在于行动。

爱的本意在于把自己的一切奉献，

爱情之花要用心血浇灌。

爱情如若叩击一人的心扉，

他整个身心就因爱情而陶醉。

谁也不可能比爱情更强，

它神秘而美丽似西天的凤凰。

你这样哪里配侈谈爱情，

你这样怎配拜访爱的门庭。

爱是光明磊落男子汉的壮举，

爱要行动证实而不能凭花言巧语。

心怀爱情犹如红烛照亮大道，

像红烛一样把自身燃烧。

真正的人的爱是心灵的愿望，

你侈谈爱情似寻觅蔬菜谷粮。

倾心于爱便要像蜡烛一样殉情，

心地纯洁，脸上布满焦黄的愁容。"

钟　情

我读过一则故事，说在巴格达城，

有个男人他心中充满真情。

他心怀爱情一片真心，

不知不觉爱上了一个女人，

但他在阿姆河此岸那美女住在彼岸，

滔滔河水把他们的情意隔断，

那男人沉醉于爱情，火烧心胸，

夜夜渡河幽会，任凭波涛汹涌。

他泅渡过河去到情人的家，

流急水深没顶之灾全然不在话下。

爱情之酒使他昏然沉醉，

如饥似渴地高举酒杯。

就这样一段时光不觉过去，

他心中的爱情之火略为平息。

他这才意识到自己的行动，

思索着前前后后稍微清醒。

那如月的美女脸上有一颗黑痣，

这时他才留意把黑痣审视。

他说："美人呵，你脸上怎么有黑痣一颗，

你能否把此痣原委如实告我？"

美女闻言说："我劝你今夜不要泅水过河，

否则滚滚波涛会把你吞没。

我这痣本是胎中带来先天生成，

是爱情之火遮住了你的眼睛。

当你发现这痣有损我的面容，

表明你对我的爱情已经到顶。"

那男人不听劝告纵身跳入水中，

他这是遇事逞强白白作了牺牲。

他委身波涛顿时一命呜呼，

枉使自己水中送命，葬身鱼腹。

当他因爱情而沉醉不醒，

波涛中便往来自如任凭纵横。

当从爱的陶醉中一旦苏醒，

便有可能断送宝贵的生命。

当他心中燃烧着一股激情，

便无性命之忧决然不会送命。

当激情平息醉意稍减，

清醒时便意识到危险就在身边。

张鸿年　译

阿塔尔

（约一一四五年至约一二二一年）

阿塔尔，全名阿布·哈米德·本·阿布·巴克尔·易卜拉欣，因早年随父亲经营香料生意而以阿塔尔（意香料商人）闻名。阿塔尔一生践行苏菲思想，从未入世为官。他的代表作包括长篇叙事诗《百鸟朝凤》，苏菲传记作品《长老传》《诗集》等。其中，《百鸟朝凤》长达九千二百行，讲述了众鸟历经艰险寻找鸟中之王的故事。这些鸟儿到达目的地后，只剩下三十只鸟。因"三十只鸟"在波斯语中与"凤凰"一词同音，诗人借此巧妙地指出这三十只鸟即为鸟王。这一故事契合了苏菲哲理，对后世的苏菲诗歌产生了深远的影响。

鹦　鹉

一位印度学者把中国造访，

来到土耳其斯坦国王的殿堂。

见国王身边有一只鹦鹉，

锁在笼中似一个囚徒。

鹦鹉见印度客人来到近前，

它开口讲话，话儿比糖还甜：

"成人之美的客人呵，看在真主面上，

来日你再回到印度故乡，

请代向我的伙伴们问候一声，

并请带回它们的嘱咐叮咛。

你对它们说那受苦的鹦鹉，

见不到你们，终日忧伤痛苦，

它被关在笼中活像一个囚徒，

有谁关怀它体贴它的苦楚。

它如何才能再回到你们身边，

请授它良策，它已把心情明言。"

后来那学者终于回到了印度，

找到它说的那群鹦鹉。

他看到一千只活蹦乱跳的鸟儿，

飞来飞去轻捷地穿枝掠树。

鹦鹉嘴都叼着猎物，

一个个显得异常忙碌。

印度学者向它们述说了秘密，

叙述了那鹦鹉的不幸的境地。

当幸运的鹦鹉听了他的述说，

便呼啦啦一头从树上跌落。

它们突然从树枝上跌落平地，
似乎一齐命断身亡从此咽气，
聪明的学者见它们一齐命断身亡，
大惊失色后悔自己出言鲁莽。
后来他又返回了中国，
把亲眼所见向那鹦鹉述说。
他说你的伙伴听你受难痛不欲生，
一齐跌落在地上登时送命。
那鹦鹉听到他讲的情景，
也在笼中拍打翅膀左右翻腾。
似风舞烈焰它心急如焚，
挣扎一阵便登时一命归阴。
有人上前来不知是计，
提起腿来就把它抛到垃圾堆里。
刚把那鹦鹉扔到垃圾堆上，
它便翻身跃起振翅高翔。
然后收拢翅膀落在皇家宫殿，
它对着印度学者如此开言：
这是我的伙伴授我以妙计，
要像落叶一样跌落在平地。
谁要想得到自由就要学我，
要摆脱束缚就要自我解脱。
要获得自由就要使自己死去，
哪个与死人讲什么规则道理。
当你不再计较个人的利害荣辱，
任何罗网再也无法把你束缚。
我实行了伙伴示我的良方妙计，
如今又可以回到它们那里。

亚历山大的手

亚历山大这位征服世界的霸主，
当他的生命临到末日穷途，
他说：请你们为我制造一副棺椁，
在故乡为我建造一座坟墓。
愿你们悼念我，为我痛心一哭。
但请勿把我慷慨的双手埋入坟墓，
让人们看看财富军旅皇威与社稷，
如今落得两手空空，都已无踪无迹。
当初，我曾把世界征服据为己有，
如今，我空着双手从地球上远走。
江山财富一切不过是过眼云烟，
这些都曾归我所有，如今都已烟消云散。

蚊子与梧桐

一天，有只蚊子要找个地方落脚，
转眼就落在一棵梧桐树梢。
小憩已罢，它又要飞向他方，
开口致歉，请求高大的梧桐原谅：
"我凭空给您添了许多麻烦，
今后一定不再前来讨嫌。"
梧桐闻听，立即开口答道：
"你如此不安实在毫无必要，
你飞来飞去我完全没有感觉，
这样郑重致歉纯系庸人自扰。
就让十万个如你之辈落在我身上，
我也丝毫感觉不到你们的分量。"

石　磨[1]

希·赛义德走到一盘磨旁，

见那磨转动得沉着安详。

他伫立片刻，举步回身，

然后，与众弟子论道谈心。

他说这磨可是德高道深的长老，

肉眼凡胎一丁点隐情也无法看到。

它刚才对我悄悄地述说：

"世上的苏菲——此时此刻那便是我，

你谨遵苏菲之道，敛性修身，

我足以为你之师，把苏菲之路指引。

我日日夜夜遨游不息，

我神驰天外，却寸步不移。

我不停地旋转，却脚不离地，

一圈复一圈地转动永不停息。

从人们手中我得到的是粗谷糙米，

我还回的面粉却松软精细。

即使乾坤翻转，天崩地陷，

我依然不动声色地一圈圈旋转。

我永无停息之日，时时用功，

我的本分就是把粗的变细，把糙的变精。"

张鸿年　译

1　作者此诗以石磨喻苏菲，准确而形象地表达了苏菲特点。

莫拉维

（一二〇七年至一二七三年）

　　莫拉维，全名哲拉鲁丁·穆罕默德·鲁米，也以"莫拉维"或"莫拉那"著称，后两者皆为尊称。莫拉维对苏菲哲学有着很高的造诣，同时也是教团创始人，信徒众多。莫拉维的诗歌继承了萨纳伊和阿塔尔的传统，其代表作包括短篇叙事诗集《玛斯纳维》，抒情诗集《沙姆斯集》《四行诗集》《书信集》和《隐言录》。在《玛斯纳维》中，诗人以《笛赋》开篇，借芦笛之口表达对真主的热爱。在正文中，诗人用许多短小的故事和寓言宣传苏菲哲学思想。其中很多故事来自世界各地的民间故事，包括本集所收录的《文法学家与船工》《罗姆人与中国人比赛绘画技艺》等。莫拉维的诗歌近年来在世界上影响甚广，被人们翻译并传唱。

笛 赋[1]

请听这芦笛讲述些什么，
它在把离愁和别恨诉说：
自从人们把我断离苇丛，
男男女女诉怨于我笛孔。
我渴求因离别碎裂的胸，
好让我倾诉相思的苦痛。
任何人一旦远离其故土，
会日夜寻觅自己的归宿。
我向每一人群长吁短叹，
与快乐者或悲伤者为伴。
人若带着猜疑成我朋友，
对我心中隐秘[2]并未视透。
我的隐秘紧随我的吟唱，
而俗耳凡目缺少那亮光[3]。
灵魂肉体相依互无遮掩，
灵魂却是没有人能看见。
这笛声是火焰不是妄念，
泯灭吧人若没有这火焰。

---

1 《笛赋》总领莫拉维《玛斯纳维》全书。诗人用芦笛象征人的灵魂，以芦
 笛断离芦苇丛象征人主分离，以芦笛对芦苇丛的思念与渴望回归芦苇丛，
 阐述了苏菲神秘主义的追求"人主合一"的基本思想：真主把灵魂从上天
 降入泥身，从此灵魂就为了回归原初而不断寻觅和追求。

2 隐秘：苏菲神秘主义概念，专用来指深藏于人内心的机密，被认为是灵魂
 的"基础"或灵魂之"火花"，使人得以认识真主。

3 光：伊斯兰教重要概念，苏菲神秘主义视为宇宙万有之本原。

倾注芦笛的是爱的火焰[1]，

注入美酒的是爱的沸腾。

芦笛只与斩情[2]之人相匹，

其声声旋律把帷幕[3]揭启。

谁似笛兼尝毒药与解剂？

谁似笛相聚相思皆经历？

芦笛讲述着殉情热血录，

芦笛吟诵着爱情疯癫赋。

亲近理智唯有丧失理智[4]，

舌头的顾客唯有这聪耳。[5]

在我们痛苦中光阴流逝，

岁月总与悲愁相随相依。

时光虽逝说去吧不可怕，

只要纯洁无比的你留下。

除了鱼任何人都厌恶水，

人没有生计则日子难维。

得道滋味生手很难得悟，

话语应当简短这就结束。

你应当解脱束缚得自由，

……

如若我与知音芳唇紧吻，

便似芦笛一般诉说心魂；

谁如若与知音无缘相逢，

---

1 苏菲神秘主义认为，爱是认识真主的根本途径。莫拉维呼吁还没有爱的
  火焰的人快泯灭自身，去沉浸在爱中。

2 斩情：指斩断世情。

3 帷幕：指隔离人与真主的一切东西。

4 第一个"理智"指"第一理智"，指最高精神实体。第二个"理智"指人
  的理智。

5 此句意为唯有耳朵聆听舌头的赞念。

纵有百种音调也不成声，

待到花儿凋谢花园零落，

你将无从闻得夜莺啼说。

恋人[1]是面纱情人[2]是整体，

情人是永生恋人是死尸。

如果爱情不将他来照应，

他就似无羽鸟般真不幸。

理智于我怎能前后皆有，

若友人[3]之光不在我前后？

爱情需要将这心声吐露，

明镜岂能不现所映美目？

可知你镜为何没有美目？

只因镜面绿锈不曾擦拂。

---

1 恋人：指爱人之人，苏菲派用来指苏菲修行者。

2 情人：指被爱之人，苏菲派用来指真主。

3 友人：指真主。

哈里发对话蕾莉的深意

"蕾莉是你呀,"哈里发言,

"马杰农为你疯疯癫癫,

你不比其他佳人更有丽容。"

蕾莉说:"住嘴,你非马杰农。"

醒于俗务之人实睡觉,

其清醒比睡眠更糟糕。

我们灵魂若不对主清醒,

此清醒乃我们的死胡同。

白天灵魂受幻想蹂躏,

被患利害患得失所侵,

灵魂不再精妙清楚,

失去通往天国之途。

······

鸟儿飞翔在天空,

其影映地似鸟动,

一傻瓜想捕那影子鸟,

拼命追逐体力全消耗,

不晓彼乃空中鸟之影,

此影本源何在也不明,

他对此影频频射箭,

箭袋因追逐变空扁,

其生命之箭袋耗空生命逝速,

只因他热衷于对影子的追逐。

文法学家与船工

有个文法学家坐上渡船，

那傲慢者向船工转过脸，

问："你读过文法吗？"答："没。"

说："你生命的一半已荒废。"

船工因这刺人之语心碎，

然而当时他沉默没应对。

不久飓风将船抛入漩涡，

船工大声对文法学家说：

"你说，你可懂得一点游泳？"

答："应对漂亮者，我不懂。"

说："文法学家，你全部生命将沉寂，

因为此船已经陷在这漩涡里。"

须知这里该懂泯灭而非懂文法，

你若泯灭就会无惧地在水中划。

海水将那死尸浮上海面[1]，

若是活人怎能海中脱险？

当你死去，断离人之属性，

秘密之海就会置你于头顶。

喂，把人们称作蠢驴的你，

正如蠢驴困于冰面，此时，

若你在世界上是时代的学者，

请看这世界和这时代的消没。

我将文法学家插入这故事，

1　苏菲派认为在真主面前应泯灭自我的一切，应如死尸一般。这里"海水"
也暗喻真主。

是将泯灭的方法教给你，
教法、文法和词法的知识，
俊友啊你应从寂灭中学习。

伽兹温[1]人文身的故事

请听说书人讲这个故事，
有关伽兹温人的风俗方式，
他们在手臂、肩膀和全身，
毫无畏惧地用针尖刺文身。
一伽兹温人去找搓澡工[2]，
说："给我文身，手要有轻重。"
问："喂勇士，我文什么图样？"
答："文一头咆哮的雄狮图像，
我星座是狮子就文狮子，
尽量文得颜色深浓有致。"
问："我文在你身体何地方？"
答："把那偶像刺在肩膀上。"
当他开始用针往下扎刺，
疼痛便在肩膀盘踞不去。
勇士大声叫道："哎高贵者，
你杀死我了，你在文什么？"
答："嘿，你吩咐我文狮子呀！"
问："你从哪个部位开始扎？"
答："我从尾巴开始文图案。"
说："别刺尾巴了，我的心肝，
狮之尾巴臀部让我气闭，
其尾部紧紧扼住我呼吸。
文狮人啊你就让狮子没尾，

---

1 伽兹温：伊朗一城市名。
2 搓澡工：古时波斯公共浴室里的搓澡工兼做许多杂活。

那针尖扎得我心都疼碎。"

那人从另一部分开始文，

没有安慰同情也没关心。

他大叫道："这又往哪里戳？"

答："好人啊，这是狮子耳朵。"

说："师傅啊不要它的耳朵，

别刺耳朵了，手脚要利索。"

又从另一部分开始文，

伽兹温人又大声叫起来：

"这第三次又是身体何处？"

答："亲爱的，这是狮腹。"

说："干脆不要狮的肚子，

狮子图案需要什么肚子！"

搓澡工愕然且失措迷惘，

手指放在牙上呆了半晌，

当时那师傅将针狠掷于地，

说："在世上可有这等人士？

谁见过无尾无头无肚之狮？

这种狮子真主还没创制！"

兄弟呀对针刺之痛须忍受[1]，

方能从异端欲念之针获救。

---

1 这里是莫拉维的议论，阐述要忍耐修行之苦方能成正果。

聋子探望生病的邻居

一有钱人对那聋子相告：

"你的一个邻居不幸病倒。"

聋子自语："以这愚笨耳朵

对那青年的话能明白什么？

尤其是他生病声音微弱。

然而应去探望，无法避躲。

当我看见他嘴唇的动作，

对那口型如此自我揣摩。

我说：'不幸的人儿，你感觉如何？'

他会说：'好些了。'或：'轻松许多。'

我说：'感谢主，喝了什么粥？'

他会说：'喝了糖水。'或：'菜粥。'

我就说：'很好，你喝好。是谁

给你治病？'他会说：'某位。'

我就说：'愿他出诊吉祥，

当他到来，你会痊愈无恙。

我们曾体验过他的医术，

他到哪里，哪里愿望就得满足。'"

聋子理顺这想象的答问，

然后那好人去看望病人。

问："怎样？"答："快死了。"说："感谢主。"

听了此话病人更加痛苦：

"这是何谢意？他与我为敌。"

聋子一番推测却是歪理。

又问："吃些什么？"答："毒药。"

说："你喝好。"病人更加气恼。

然后又问："是哪一位医生

前来给你千方百计治病？"

答："是死神，你别再烦我，快走。"

说："愿他出诊吉祥，你别发愁。"

聋子走出来高高兴兴地说：

"感谢主，我早推测到这个。"

病人说："他是我生命之敌，

我不曾料到他无情如此。"

病人心中暗把百般咒骂，

通过各种方式传递给他。

当某人喝了馊汤坏粥，

他内心会难受得吐呕。

平抑愤怒是指别呕吐之，

以便从恶言中找到甜语。

他因不能忍受而痛苦：

"这荡妇男妓之狗来自何处？

我会把他说过的话回敬他，

若非当时我内心之狮睡下。

因为探病是为抚慰心波，

此非探望而是用心险恶，

看到自己仇敌痛苦不堪，

他丑恶的内心才得平安。"

很多人长期祷告和祈央，

一心系在那满意和奖赏，

事实上此乃隐藏的罪过，

看似纯洁之物实乃浑浊。

犹如那聋子自认为一番，

自认做了好事，实际却相反。

他高兴地说："我问候已赴，

我很好履行了邻居义务。"

他只顾自己而在病人心里

点燃了火，也烧毁了自己。

你们当防备自己点的火，

就是那增添了你的罪过。

……

那聋子所进行的推算，

使十年友谊毁于一旦。

尤其是卑劣感官的猜测，

对于那超出想象之界的天启，

若你感官之耳配得上那话，

你聆听隐秘的耳朵便聋哑。

督察叫醒一烂醉如泥者想送他去监狱

督察半夜三更来到某地，

看见墙根处睡着一男子。

说："喂酒鬼，快讲，你喝了何物？"

答："我喝了这瓶子所装之物。"

说："瓶子里装的是甚？快讲清！"

答："就是我喝的东西。"说："此话不明。"

问："你喝的那东西是何物？"

答："就是那瓶子里所藏之物。"

这提问与回答循环往复，

督察好似驴陷淤泥般无助。

督察命令他："嘿，'哈哈'地叹气[1]！"

醉鬼开口时却"呼啊呼啊"[2]作语。

说："我让你叹气，你却呼气！"

答："我很快乐而你却忧伤得腰曲。

叹气出自痛苦忧伤和受压迫，

醉酒者们的'呼啊'出自快乐。"

督察说："我不懂这些，快起来！

别卖弄学问，别不知好歹！"

答："你走开！这是哪儿跟哪儿！"

说："你醉了，起来！到监狱去！"

醉鬼说："放开我，走开，督察！

从一无所有者处怎能找到物事典押？

---

1 叹气：想通过气味来断定他酗酒。

2 "呼啊呼啊"：双关语。既是象声词，又是苏菲在沉醉时对真主的呼唤："真主啊！"

如果我还有走路的力气，

就回自己家了，何来此事！

我如果还有可能，还有理智，

我早像谢赫们般在店铺前站立。"

四个人因对葡萄的叫法不同而产生争执

某人给了四个人一枚迪拉姆硬币，

其中一个说："我想用它买安古尔。"

另一人是阿拉伯人，他说："骗子！

不行，我想要艾纳布而不是安古尔。"

另一个是突厥人，他说："这钱归我，

我不想要艾纳布，我想要乌朱姆。"

另一人是罗姆人，他说："这些言语

休要再说，我想要斯陀非尔。"

那群人陷入了打斗和争吵，

只因他们对名称的秘密不晓。

由于无知，他们相互拳打不停，

他们充满愚昧，知识却空空。

懂得百种语言秘密的尊贵者

假若在那里，会使他们平和，

他会说："我用这个迪拉姆，

可把你们所有人的愿望满足。

若你们对把心交给我不介意，

你们的这个迪拉姆可做好几件事。

这一个迪拉姆可满足心愿四个，

可使四个仇敌团结成一个。

你们每个人说的话都引起战争和分歧，

而我的话却可使你们团结一致。

因此你们应沉默，'严守缄默'，

以便我替你们交谈成你们之舌。

若你们的话表面可靠一致，

结果也会引起争斗和分离。

暂时的热量不能有任何效应，

性质本身的热量才具有作用。

若你用火把醋[1]加热后饮下，

毫无疑问会把寒冷增加，

因为它的热量是过堂风，

它的本性是酸涩是寒冷。

孩子啊，即使椰枣糖浆[2]冻成了冰，

你若吃下，也会给内脏把热量添增。"

谢赫的虚伪[3]胜过我们的忠诚，

彼出自心明眼亮，此出自懵懂。

谢赫的话语使人们团结，

妒忌者的话却导致分裂。

1　醋：波斯古代医学认为醋属性寒之物。

2　椰枣糖浆：波斯古代医学认为椰枣糖浆属性热之物。

3　谢赫的虚伪：犹如善意的谎言之义。

名叫欧麦尔者在卡尚[1]城买面包

假若你名叫欧麦尔，在卡尚城内

无人卖给你面包，即使你花钱百枚。

若你对一个店铺说："我是欧麦尔，

请慷慨卖给这欧麦尔面包一个。"

店主会说："去那另一商店里，

那里一个面包胜过这里五十。"

假若欧麦尔在视力上不对眼，

他会说："没有别的商店。"

假若正确看视之光照在卡尚人心里，

欧麦尔会成为阿里[2]。

店主从这里对另一面包师傅叫道：

"喂面包师，卖给这欧麦尔面包。"

那店主听见是欧麦尔，会把面包收起，

把你打发到一个更远的商店里：

"卖给这欧麦尔面包，喂伙计，

从我的喊声里你应明白我的意思。"

这个店主也会把你向别处发派：

"嗨，欧麦尔来了，要把面包买。"

只要对店铺说你是欧麦尔，趁早走开，

在整个卡尚城你会买不到一块面包。

若你对店铺说你叫阿里，"从这里

拿面包吧！"没有推托也无叹息。

连重影之对眼都享受不到甘甜，

---

1 卡尚：伊朗一城市，在当时是什叶派的聚居地。欧麦尔之名代表该人是逊

　尼派教徒。

2 阿里：代表什叶派教徒。

出卖母亲者，你是十影之对眼。

在这尘世之卡尚，若你不是阿里，

就会似那欧麦尔因对眼而浪迹。

在这楼宇废墟中，对眼之徒

会处处流浪，好东西总在别处。

你若有认识真理的双眼，

在俩世界中你满眼都会是友伴，

在这充满畏惧与希望的卡尚市，

你会免于从这里被打发到那里。

法学家与乐善好施的布哈拉总督

在布哈拉有一伟大的好总督，

对众需求者他行为慷慨显著。

无数的施舍，众多的赏赐，

从早到晚他慷慨地抛撒金子，

金子都用纸张包裹着，

只要他活着，他就慷慨施舍。

就像光明磊落的太阳和月亮，

把它们获得的光芒又全部释放。

谁赐给大地金子？太阳。通过它，

金子蕴藏在矿山，宝藏埋在废墟下。

每个清晨他都布施一群人，

不会使任何群体对他失望灰心。

一日他布施可怜的伤残病夫，

另一日他慷慨施舍众寡妇，

再一日又赏赐贫穷的宗教家，

他们都是职业的法基尔法学家，

又一日布施普通的穷人，

再一日布施债务缠身之人。

他的条件是：谁开口乞求，

什么也得不到。不能开口。

穷人们在他道路的周围，

沉默地排起墙一般的长队。

谁若不小心开口乞讨，

这过错使他半分钱财得不到。

其原则是：谁沉默，谁就得拯救。[1]

他的钱袋杯碗开向沉默之友。

碰巧某天有位老汉说：

"请施舍我，我正饥饿。"

他拒绝了老汉，但老汉仍坚持，

人们对老汉的坚持索要万分惊异。

总督说："你这老头真是恬不知耻！"

老汉说："你比我更恬不知耻！

你已经拥有这世界，还贪求，

想把那世界和这世界一起攥在手。"[2]

总督笑了，赏给那老汉钱币。

老汉独自得到那丰厚赏赐。

除那老汉外，别的求要之人，

没得到他一星半点的金银。

轮到布施法学家之日，忽然

一法学家出于贪婪大声叫唤，

他哭得十分卖力，但效果毫无，

说尽各种话，也没得到任何好处。

第二天他用破布包扎脚腿，

低着头排在伤残病人之队。

他的腿用衬板左右包裹，

以便自己被认作是断腿者。

总督看见他并认出他，啥也没给。

次日，他又用毡子把脸裹围，

那尊敬者又认出他，由于他

开口乞讨之错，啥也没施舍他。

当他想尽千方百计也没得到，

1　此句典出《圣训》。

2　此句意为：你已是这世界的统治者，又想通过施舍把那世界也握在手。

他就似女人般头顶罩上黑袍，

走到寡妇群中，坐在那里，

他低着头，把手藏起。

总督仍认出他，没给他施舍，

他的心因被拒绝而痛苦烧灼。

一大清早他来到一乞葬身钱者面前，

说："把我用毛毡裹起来，放在路边，

千万别开口，坐在那里等着，

等着世界之总督从这里经过。

当他看到，也许会猜想是具死尸，

会为葬身费用而把金银布施。

不论他给多少，我都分你一半。"

那渴望布施的穷人同意这么干。

用毛毡裹住他，在路口放搁，

世界之总督从那里经过，

他扔了块金子在毛毡上，

法学家急忙伸出手掌，

以免那乞葬身钱者拿到那布施，

以免那无信义者对他把钱藏起。

那死尸从毛毡里把手伸出，

紧跟着手，头也从后面钻出，

对世界之总督说："看我如何弄的，

你这对我关上慷慨之门者。"

答："然而，顽徒，当你没死，

你没从我殿堂获得半点赏赐。"

"在死之前去死"[1]的秘密就在于此，

紧跟着死亡会降下无数恩赐。

---

1 "在死之前去死"：第一个"死"指人的自然死亡，第二个"死"指苏菲修行中泯灭自我意识。

阴谋家啊，除却亡死，

对真主别采取任何策计。

其一点恩典胜过百种努力，

努力中有百种堕落之恐惧。

那恩典只布施给亡死，

忠诚者都把这条路经历。

穆宏燕　译

萨迪
（一二一〇年至一二九一或一二九二年）

　　萨迪，全名阿布·穆罕默德·穆斯列赫丁·本·阿卜杜拉·设拉子依，设拉子人，笔名萨迪。萨迪青年时即开始了长达三十多年的漫游，足迹遍布亚非广大地区，并以达尔维什的身份传经布道。四处游历的经历为萨迪带来了丰富的阅历和创作素材，中年时期一举创作了享誉世界的《果园》和《蔷薇园》。《果园》是诗体叙事，而《蔷薇园》是诗散混合，旨在通过一个个小故事抒发诗人对帝王的劝诫、对美德的歌颂，以及人道主义关怀。除上述两部作品，萨迪还以抒情诗集闻名。萨迪的诗歌语言典雅，感情充沛，想象丰富，感情真挚，自问世以来即在波斯语世界广为流传。据记载，萨迪的诗歌早在十四世纪即传入中国，《蔷薇园》在二十世纪初也首次被译为中文。

果园（节选）

一、序诗

我曾在世界四方长久漫游，

与形形色色的人共度春秋。

从任何角落都未空手而返，

从每个禾垛选取谷穗一束。

设拉子——愿真主为此城降恩，

到何地也未见那里的温文尔雅的人。

我怀念乡亲故人，多么情深意厚，

我再也不能在叙利亚和罗马逗留。

可是，我此番离开这许多繁茂的果园，

怎可空手还乡去与故人会面？

我自忖游子从埃及带回砂糖，

作为礼物，献给亲友品尝。

我虽没带回砂糖馈赠亲朋友人，

但甘言如饴，比砂糖还甜三分。

这并非供人食用的砂糖，

是糖样的语言，诗人写在纸上。

我营造了这座幸运的殿堂，

旨在育人，它有十扇门儿开敞。

第一座门是公正与治世之理，

要誓为民牧，对主心怀畏惧。

第二座门：行善是做人的根本，

行善之人对主要怀感激之心。

第三座门是爱、陶醉与激情，

人力无法使这爱消失平静。
第四座门是谦虚，第五是乐天知命，
第六是心满意足者的身世情形。
第七座门是关于人的教育感化，
第八是感谢主使我们身体康宁。
第九论回头是岸，有罪应忏悔，
第十是向主祈祷，全书告终。
在一个吉利年份的幸运日子，
在两个节日中的吉祥时光，
在第六百六十又五年，
当这著名的宝库以珍珠装满，
虽然，我的衣襟中仍留有一兜珍珠，
但我还得俯首低头自感不足。
在这珠海之中还杂有贝壳螺蚌，
园中有参天大树也有灌木草莽。
我的聪明的心地善良的朋友，
听说，明智者对人从不过分苛求。
比如用绫罗绸缎缝制一件外衣，
外衣中难免有些填料衬里。
你若找不到真正的绫罗绸缎，
敬请谅解，粗布衣衫也可御寒。
我并不夸耀自己见多识广，
向人求教我如同乞儿一样。
听说到心怀希望与畏惧的那天，
仁慈的真主会把邪恶之徒饶恕。
如若你在本书中发现尚有不足，
也请宽大为怀，效法造物真主。
哪怕一千联诗中有一联中意，
也请笑纳，万勿过于挑剔。
我的诗在法尔斯我的故乡，

像麝香在和田本属平常。

犹如一面大鼓人们不晓其腹内空洞，

只在远处惊闻它吓人的鼓声隆隆。

萨迪把一束鲜花献给花园，

岂不可笑，似向印度把胡椒奉献。

此书如同椰枣，外是甘甜的皮肉，

剖开看时，见核儿包在里头。

二、正义和治世的道理[1]

我听说阿努席拉旺王弥留之际，

对霍尔姆斯嘱咐过这样的话语。

你要时时想到贫苦人的饥寒，

切不要贪图自己的安逸饱暖。

你如若一心贪求个人的舒适享乐，

国中百姓便无法平安与宁静地生活。

在有识之士看来决不能容忍，

牧人沉沉酣睡豺狼溜入羊群。

你要体恤缺衣少粮的百姓平民，

国中民望高者才能成为国君。

君王犹如树木，农夫好像树根，

树要高大挺拔，根要植得深。

为政万万不可刺伤平民百姓的心，

欺压百姓就是在掘自家的根。

你应当遵循一条世间的正路，

圣徒之道是心怀希望与畏惧。

这其中道理对人原本十分自然，

人们总是追求幸福畏惧灾难。

---

1 《果园》第一章节选。

如若国王经常怀有这两种心情，

他的国家就会呈现和平与安宁。

他满足祈求者对他的请求，

为的是真主对他降恩保佑。

他不赞成对人无端折磨，

怕是给他的国家招引灾祸。

如若国王没有这样的心胸，

他的国家就休想安乐平静。

在这样的国家你应逆来顺受，

如已骑在马上最好赶快出走。

如果一国百姓不满他们的君王，

这个国家便休想繁荣富强。

要警惕那些飞扬跋扈的人，

对不畏真主的要怀有戒心。

如若全国百姓的心都被刺伤，

想要这样的国家富强只是梦想。

暴虐无道招致国土荒凉名声扫地，

明智之人才真正懂得这些话的深意。

切不可凶残暴虐杀戮无辜平民，

平民百姓是国王的靠山与后盾。

为了自己利益要多多关怀农民，

他们心情舒畅便会多干手勤。

以怨报德有违仁者之道，

受人之恩应该以德相报。

听说霍斯鲁即将离开人世之际，

对席鲁耶[1]也嘱咐了这样的话语。

不论你想把什么政策推行，

百姓疾苦应牢记在心中。

---

1 席鲁耶：霍斯鲁之子。

只要你不背弃正义与世理，

百姓就不会无端将你背离。

百姓总是背弃无道的暴君，

暴君的丑名在世上永存。

谁若是为非作歹专横无理，

那就是亲手捣毁自己的根基。

执刀的强人行凶确能造成灾难，

更可怕的是孤儿寡母焦心的长叹。

常见寡妇点燃着一盏孤灯，

孤灯之火能烧毁一座大城。

最幸福的该算这样的君王，

他贤明公正治理着家邦。

一旦轮到他离开这个世界，

人们都在墓前把他赞扬。

世人的穷通祸福终将化为泡影，

难得的是身后人们颂扬他的美名。

故事选（六篇）

一、第二个故事节选[1]

萨迪呵，你应直言不讳，无所畏惧，
手执利剑，应向前夺取胜利。
不要收人贿赂也无需取悦于人，
要做到心口如一，直言不隐。
人有贪心就无法道出真理，
摆脱私欲就能心口如一。

二、第四个故事节选

在一本记载往昔国王事迹的书里，
记载着赞吉[2]退位塔克列[3]登基。
塔克列当政时谁也不受人欺，
他治国有方超过以前国王的政绩。
一次，他对一位贤士表白心迹，
说我行将就木一生毫无意义。
我想找个地方潜心敬主修行，
在安宁静谧中度过我这余生。
江山社稷富贵荣华已成过去，
除敬主之人谁能体尝人生真谛？
睿智博学的贤人听了他这番话语，

---

1 选自《果园》第一章。
2 赞吉：统治法尔斯地区的国王，于一一六一年至一一七五年在位。
3 塔克列：于一一七五年继承赞吉的王位。

唤了声塔克列，怒火在胸中泛起。

敬主修行无非是为民效力，

否则念珠拜垫与破袍又有何益[1]？

你尽可主宰社稷南面称王，

但要心地纯洁如同修士一样。

要恭谨为民效力意笃心诚，

不要口出狂言，也不要动辄与人论争。

修行敬主不在言词而在行动，

有言无行岂不似无根的浮萍。

帝王将相只要有纯洁的心地，

都似有件破袍，外面穿着罩衣。

三、第九个故事[2]

听说在西方一国有个国王，

有儿子两个，二人均侍奉在身旁。

这两个王子雄才大略智勇无双，

博学多闻风度翩翩神采飞扬。

父亲见两个儿子都是盖世英雄，

御敌征战都足以挂帅出征。

于是便把国土两半平分，

一人一半赐予兄弟二人。

以免日后一言不合兄弟反目，

骨肉相残闹到抽刀动武。

分封之后父亲生命危在旦夕，

终于一天闭目长眠，一命归西。

死神抖开了他的期望的绳索，

---

1 念珠与破袍是虔诚信仰的标志。
2 选自《果园》第一章。

到死期世上愁烦都一律解脱。

那国家里本来军旅金银不计其数，

如今都随国土分辖于两位君主。

这二人施政都各有一套方略，

治国安邦都有自己的见解。

一个广施仁政意在传播美名，

一个横征暴敛把民财聚在手中。

一个心地善良不吝惜钱财，

扶危济困把贫苦人生计安排。

兴建土木施舍柴米，优待军队，

营造广厦屋宇使贫苦人安睡。

国库虽然空虚但军队人多势盛。

民众节庆欢聚时把国王赞颂，

欢呼之声如同惊雷响彻云天，

说像阿布贝克尔·萨德在设拉子一般。

他可是位心地善良贤明公正的国王，

愿他永远国祚兴隆福寿绵长。

且说那广施仁政美名传播的国王，

他政绩深得民心，他也心地善良。

他对举国上下都诚心关怀体贴周到，

一心颂主不管是黎明还是夜幕笼罩。

卡隆在那里也不必担心遭到风险，

国王仁政爱民贫苦人衣食饱暖。

他当政时无一人心被刺伤遭受欺凌，

岂止是欺凌，简直看不到非礼行动。

靠命运之助他成了王中的至尊，

各国国王都服从他的旨意公文。

另一个兄弟为王妄想国运长久，

他竭力向农夫增派岁贡税收。

贪得无厌地攫取商旅钱财，

凶狠无情地把贫苦人折磨虐待。

越聚越贪不给别人自己也不动用，

明智人一看即知他鄙陋昏庸。

待等敲骨吸髓广聚了金银，

军队却忍无可忍终于变心。

商旅之人也互相传递消息，

说那国的国王无道横行无忌。

于是他们与这国断绝了往来交易，

又兼收成欠佳，农夫火燎心急。

由于天不作美厄运当头，

敌人进袭又频频得手。

国基被毁，百姓惨遭杀戮，

敌兵铁蹄疯狂践踏他的国土。

他背弃了民众，遇事找谁出力？

如今向谁征税？农夫纷纷逃避。

自己负义哪里能指望有人相救，

只落得人们在背后纷纷诅咒。

这乃是时运不济陷入困境。

贤人志士好言相劝他充耳不听。

于是人们纷纷向那好心国王建议，

说那暴君的天下你应该收取。

他错打了主意逆施倒行，

要长治久安应放弃暴政实行仁政。

四、第四十一个故事节选[1]

我们讲了许多劝人积德行善，

但并不应对任何人都心慈手软。

1　选自《果园》第二章。

对鱼肉百姓之辈要处死并没收财产，

猛禽的翅膀就应把它坚决斩断。

有人专与你的真主作对为仇，

为什么还要把石块木棒递交他手？

若是荆棘尖刺就应连根拔掉，

是结果的树就应施肥照料。

有的人虽身居高位执掌大权，

但他对手下人并不粗暴凶残。

对欺压别人的恶棍不应忍让宽容，

宽容恶棍实际就是残害平民百姓。

若有一盏灯火注定断送整个世界，

为了免除世人灾难应及早把火扑灭。

谁若是可怜强盗把他们宽赦，

那他就是亲手把商队劫住抢掠。

对鱼肉乡里之人应结果他们性命，

以暴制暴才称得上是公正贤明。

五、第七十四个故事 [1]

萨列赫是叙利亚的国君，

他早晨带了仆人离宫出巡。

他们在街头市井缓缓漫步，

按阿拉伯风俗把半边脸遮住。

他英明睿智体恤下层贫民，

有这两种品质使他成了有道之君。

在一座清真寺前见卧着两个贫汉，

他们六神无主，显得心慌意乱。

天寒地冻，贫汉一夜未曾合眼，

---

1 选自《果园》第四章。

像蜥蜴一样盼望太阳的光焰。

这时，一个乞丐对另一人说道：

到终审日善恶是非终会有报。

看这些公侯贵胄君主国王，

一个个骄奢淫逸趾高气扬。

如若他们也与贫苦人一起升入天堂，

那我宁愿永埋地底不见天光。

天堂本是你我贫汉的最终归宿，

因为我们在世上备受辛苦。

在世上我们可承受过他们恩泽？

为何到彼世还要把我们折磨。

如若萨列赫胆敢扒上天堂之园的围墙，

那就要告诉他我就一掌打出他脑浆。

当萨列赫听到此人这番话语，

自忖此地不可久留最好回避。

须臾之间阳光普照大地，

从人们眼中扫除最后的睡意。

国王派人去传唤那两个贫汉，

他在宝座上端坐见面抚慰一番。

他一见那二人便哭得泪如雨下，

似用泪雨洗净他们满身的困乏。

那二人在寒风苦雨之中一夜恓惶，

如今，却与公卿王侯共坐一堂。

他二人前夜未眠并无寒衣遮体，

此时，他俩袍褂上散发出熏香的香气。

这时一个乞丐悄声询问国王，

说："陛下啊，你乃是天下之王。

像你这样的君主，天下的贵人，

为何对我们乞丐如此周到殷勤？"

国王闻言笑得如同蓓蕾乍放，

他笑着说道："请听我对你讲。

我并不自恃有殷实的财产，

遇到贫苦人时便拉长了脸。

也请你们对待别人不要粗暴发作，

到天堂对别人也应有礼谦和。

今天，我把和解的大门开启，

到来日，天堂之门请不要对我紧闭。"

如若你追求幸福请走这条道路，

应乐善好施关心与周济贫苦。

如若今日不把仁慈的种子撒播，

来日在天堂之树枝头岂能摘下硕果。

如若想得到幸福就应一心行善，

要击中幸福之球需靠行善之杆。

你如若是一盏点着了的明灯，

灯内充水岂能大放光明。

为人在世应给他人带来光明，

像蜡烛发出光焰烧焦自己的心胸。

六、第一百二十八个故事[1]

女人如若忠诚厚道贤惠温顺，

她的丈夫纵然穷困也可成一国之君。

丈夫有一个称心如意的妻子在堂，

他在自己家门之内也成了一国之王。

在外做事若遇到烦恼痛苦，

晚上回家有个知心人可以倾诉。

如若一家生活幸福夫妻亲密，

真主也保佑他们全家事事如意。

1　选自《果园》第七章。

女人如若庄重自尊颜色艳丽，

丈夫看着她如登天堂般得意。

如若他的家室对他诚挚真心，

他就感到他是世上幸福的人。

如果妻子言谈得体贤惠大方，

就不应把她的颜色美丑放在心上。

你应娶个稳重大方情投意合的人为妻，

纵有缺点又有何妨？要紧的是两情相悦。

有人颜貌丑陋但是性格善良，

也比使性刁钻的美女为强。

有的女人吃丈夫给的醋也甘甜如饴，

有的给她蜜糖也还是满脸怒气。

贤惠的妻子使丈夫暖在心头，

若娶个泼妇只好祈求真主保佑。

娶泼妇为妻似鹦鹉与乌鸦结合，

要设法冲出笼去及早解脱。

要么去云游天下启程远行，

要么只好认命忍气吞声。

为人不受小鞋折磨走路宁打赤脚，

宁受旅途之苦也不在家争吵。

纵被法官判刑因于牢狱，

也不看女人双眉紧锁满脸怒气。

如若谁家娶了个泼妇悍婆，

那出门远行便似节日般快活。

一家如若总是听到婆娘的吵闹声，

这家生活从此休想得到安宁。

如若女人天天出门，走街串巷，

要痛打一顿，否则你岂不成了婆娘。

如若男人无法管束女人，

那就应把黑色女裤穿在己身。

要是娶了个心术不正的愚蠢妇人，

那就是一场灾难而不是结婚。

如果开初升里少了一粒大麦，

日后一仓小麦丢失也不要奇怪。

如果有人娶了同心同德的女人，

那是真主对这人格外施恩。

如若女人轻佻与生人亲近，

男人从此便把颜面丢尽。

如若女人失态席间大吃大喝，

不啻抓起污泥往丈夫脸上涂抹。

女人的眼睛应该永远不看生人，

女人不应出门除非被抬到丘坟。

如果见女人居不守舍轻浮妄动，

可不能视而不见忍气吞声。

宁可一死落入鲨鱼之口，

也不能一味忍耐逆来顺受。

不能使外人看到女人的颜面，

否则还有什么女人贞操男人尊严。

温厚善良的女人是知心好友，

悍女泼妇应该赶走，那是冤家对头。

有两个人都曾受过女人折磨，

听他们讲的话寓意多么深刻。

一个说为人千万不能娶泼悍女人，

另一个说女人根本不应在天下生存。

每当新春应该娶一个女人为妻，

今年的事不应去查去年黄历。

萨迪啊！如若见人受到女人折磨，

可要谨慎不要去枉费唇舌。

你虽也曾把一个女人拥在怀抱，

但你从她那里吃的苦头也为数不少。

谦　虚[1]

圣洁的真主把你以泥土塑成，
主的奴仆啊，你应似泥土一样谦恭。
切莫贪婪暴虐，切勿骄傲自满，
既是泥土之身，切勿似熊熊烈焰。
浓烟滚滚的烈焰漫卷升腾，
谦虚的泥土低头默不作声。
一个不可一世，一个谨慎谦恭，
从火中跳出魔鬼，用泥土制成人形。

一滴雨珠从云端高处下坠，
见了浩瀚大海不禁自惭形秽。
在大海面前我算是什么？
有大海在此我自觉相形见绌。
当他自怨自艾感到自卑，
一个海蚌把它吸入体内。
造化变幻乃是神工鬼斧，
小小水滴变成为一颗珍珠。
这真是至卑至贱幻生出显贵尊荣，
置之死地然后才获得永生。

1　选自《果园》第四章。

亚当子孙皆兄弟[1]

亚当子孙皆兄弟，
兄弟犹如手足亲。
造物之初本一体，
一肢罹病染全身。
为人不恤他人苦，
不配世上枉称人。

张鸿年　译

1　这段短诗译自《蔷薇园》。

抒情诗两首

一

赶骆驼的人啊，你慢些走！因我灵魂的安宁正在消逝。
那颗我自己曾经拥有的心，正随夺走我心的恋人离去。

我留下了，与她分别，由于她而无助又心伤。
好像与她远离是一根刺，正扎在我的骨头上。

我想要以欺骗和魔法，将自己内心的伤痛隐藏。
然而却藏不住啊，因为血泪正在我的面前流淌。

赶骆驼的人啊，停住驮轿吧！不要随驼队匆匆而去。
因对那翠柏身段情人的爱恋，仿佛我的灵魂在离去。

她提着裙子大模大样地走，我品尝着孤独的毒药。
再也不要问我存在的迹象，因它正自我心中忘却。

我高傲的美人回去了，把我丢在不愉快的生活中。
我像一个装满火的火盆，浓烟正在我的头上升腾。[1]

尽管她对我全然无情无义，纵然她给我的承诺没有根基，
我心里仍满是对她的思念，间或在我的舌尖上流露出来。

1　诗人的心受到爱之烈火煎熬，在此被比喻为火盆，火盆上有烟升腾而起。波斯语中，烟又可作"愁苦的叹气"以及"不幸、厄运"解，故而以冒着烟的火盆比喻内心受到煎熬而陷入悲愁的诗人，甚是精当。

回来吧！在我眼中留驻！娇媚的夺心情人啊！
因为我的焦躁和叫喊，正自大地直上九天。

从夜晚到清晨我都无法入眠，我听不进去任何人的解劝。
我漫无目的地走在这条路上，因缰绳正从我的掌中滑落。

让我泪流成河吧！好让骆驼像驴一样陷在泥里。
连这我也办不到，因为我的心正随着驼队离去。[1]

等待与我情人的相会，以及她的回还，
虽不应是我的事情，也成了我的事情。

关于灵魂离开身体，人们有各种说法。
我用自己的眼睛，看到我的灵魂离去。

不忠者萨迪啊！哀哭与我们不相称。
可我无法忍受折磨，便即恸哭号啕。[2]

二

你自门口出现，我却去向门口而失去自我，
我仿佛从这个世界，去往了另外一个世界。

我向路上侧耳倾听，期待有人带来情人的音讯，

---

1 伊朗古人认为，人伤心时，心肝中的血液被煎熬蒸发，蒸汽向上飘去，直达鼻窦，再凝结成水，自眼中流出，是为泪水。本联诗中，因诗人的心已被情人夺走，正随驼队离去，故而诗人也就丧失了流泪的能力。
2 忠诚的恋人应对承受相思之苦甘之如饴。本联第一行是情人对诗人的指责，第二行是诗人的回应。

捎信儿的人终于来了，然而我却变得毫无知觉。

我如同落在烈日面前的露水一样，
爱的太阳[1]来到我的生命里，我升腾到九霄之上。

我想，若我见到她，或许渴望的痛苦就会平息。
可当我看见她，却变得更加渴望。

我没有被赐予去往情人身边的力量，
我一会儿用脚走路，一会儿用头行走。

为了看到她的步履，听到她的言语，
我变得从头到脚全都是耳朵和眼睛。

我如何能够停止把眼睛望向她？
自从初见，我就为看她变得目光敏锐。

如果有朝一日我能心满意足地安坐片刻，
那就是我厌倦了对你[2]保持忠诚。

她自己并不关心捕猎我这件事，
是我自投罗网，成了她目光套锁的俘虏。

1　爱的太阳：波斯语 mihr，词源为古印度－伊朗人崇拜的密特拉－密多罗
　（Mitra），本为友爱之神，被吸纳进入希腊－罗马文化之后，化为太阳
　神，因此 mihr 在达里波斯语中有"太阳"和"友爱"两个主要词意。波
　斯文原文为一词双关修辞法，在此汉译为暗喻性词组"爱的太阳"。联系
　前一行言及"我如露水"，整联诗以露水在太阳照射下汽化蒸腾而起，比
　喻诗人在爱情来临之际，有扶摇直上青天之感。
2　你：此处出现第二人称，表明此联为诗人对情人所说。

人们说:萨迪,是什么让你红润的脸庞变得蜡黄?

爱情的炼金药落在我这红铜上,于是我变成黄金。

刘英军　译

哈珠·克尔曼尼
（一二九〇年至一三五二年）

　　哈珠·克尔曼尼青年时曾外出游历，并拜于苏菲长老门下，因此他的抒情诗具有浓厚的苏菲哲学色彩。哈珠的抒情诗语言明快流畅，风格介于萨迪和哈菲兹之间，具有自己的特色。本集收录的《逆旅》即为其代表作之一。此外，哈珠还创作了五部叙事诗，多与苏菲思想有关。其中的《霍马和胡马云》讲述了伊朗王子霍马和中国公主胡马云的爱情故事，是中国和伊朗两国源远流长的文化交流的见证。

逆　旅

在慧心人眼中苏莱曼王国毫无意义，

摈弃了权欲利禄的人才是苏莱曼大帝。

都道世界浮在一片水上[1]，

不必听信，哈珠，细看一切都是虚妄。

每时每刻苍天都对别人佑助多情，

令人无可奈何，这是它的本性。

不要为这打情骂俏的老妪动心，

这位新娘不知陪伴过多少新人。

望你听我良言相劝，也去规劝别人，

我也是受人启发，愿他永活在人心。

施达德[2]曾以金砖构筑宫殿，

后来的国王筑殿却用他头颅做砖。

巴格达的土地为悼念哈里发而哭泣，

不然，这滔滔河水源自何地？

看那满山遍布的郁金香多么艳丽，

花儿的红色诉说着法尔哈德的忧郁。

请睁开你水仙般的慧眼仔细观看，

地下埋葬了多少白杨般身躯与如花粉面。

在这逆旅中你切勿支起久驻的帐篷，

这并非久留之地，在此不会安宁，

除了忧愁，哈珠在世上一无所获，

只有辞世而去才真的找到归宿。

1　按伊朗古代传说，世界是被一条鱼驮在背上。

2　施达德：阿拉伯传说中的阿拉伯半岛南部国王，曾建"人间天堂"。

教　子

你应崇敬真主切莫自我欣赏，
啜饮敬主之酒切勿烂醉荒唐。
如若浅薄之辈把你引入歧途，
你应向正直的旅人探询正路。
不求权势，但应像国王般自尊。
不自诩虔诚，但应一心求真。
应时时存心上进，善自修养，
让苍天都对你这年轻人衷心赞扬。

张鸿年　译

欧贝德·扎康尼

（约一三〇〇年至一三七一年）

　　欧贝德·扎康尼是一名诗人兼散文家。扎康尼自幼接受了良好教育，善于用故事，特别是动物寓言来讽刺权贵，针砭时弊。扎康尼被认为是波斯文学中的讽刺文学的开创者，其玛斯纳维叙事短诗《猫与鼠》即为代表作。扎康尼的四行诗风格和思想与海亚姆的四行诗十分相近，因此在流传过程中有些诗歌甚至被认为是海亚姆的作品而被收入海亚姆诗集。扎康尼的抒情诗轻灵明快，如本集收录的《酒歌》反映了作者不与世俗同流合污的傲骨。

酒　歌

萨吉，请给我几杯我又烦恼涌心头，

请赏我几杯新酿几杯陈年老酒。

他们那里是苏菲、隐居、伪善与沽名钓誉，

我们则钻入酒肆饮尽残酒一任名声扫地。

在翠绿草坪上请把几杯美酒斟满，

随着乐声赏着鲜花，有如花美人陪伴。

请展示你的秀目红唇，当我一杯在手，

看你糖样的唇杏仁般眼喜在心头。

你家中如若事先没有备好美酒，

烦劳去市上沽酒排解我们的忧愁。

如若无钱购买红色的酒浆，

用我这破袍[1]做抵押换取几杯佳酿。

对我，何必提起那拜垫与念珠，

网中那么一颗诱饵并不能把我这鱼儿捕获。

1　破袍：泛指苏菲信仰，因苏菲多着破袍。

我们是一群流浪汉

我们是一群流浪汉了无牵挂，
生死置之度外一切都不惧怕。
我们乃是当世的至尊，虽然，
出行时没有仪仗与开道的伞扇。
我们是一群流浪汉，乐道安贫，
无忧无虑，虽然身无分文。
我们一文不名，袋中没有一枚金币，
我们币形的心不把它放在眼里。
无论如何，我们决不欺压他人，
所以欺压我们有违做人的根本。
请勿扬言自己修养高深功德圆满，
向欧贝德学习吧，虽然他并不自诩有坚定信念。

张鸿年　译

哈菲兹

（一三二七年至一三九〇年）

　　哈菲兹，全名沙姆斯丁·穆罕默德·哈菲兹。哈菲兹生于伊朗南方文化名城设拉子，很早即展现出众的创作才华，受到各地统治者的追捧。哈菲兹以抒情诗著称，他的诗歌内容包括对爱情的颂扬，对侍酒人的抒情等。这些诗歌感情充沛，语言精妙，想象力丰富，修辞手法多样，给读者以丰富的想象空间。哈菲兹的诗集在波斯语地区发行量甚广，至今人们还用以占卜时运。他的诗歌也被翻译为各种语言，受到黑格尔、恩格斯和歌德等人的赞美。

抒情诗七首

一

我潦倒不堪，生来与人间正道无缘，

世途茫茫，南来北往交错纷乱。

我的心早已厌倦了圣堂和伪善的破袍，

哪里有醇酒呵，我在把酒肆寻找。

放浪形骸之人还理会什么敬主行善。

听讲经布道怎抵得上丝竹管弦？

凡夫俗子的心岂懂欣赏情人的红颜，

一边是初升的红日，一边已油尽灯残。

你家门前的泥土，那是我眼中的光芒，

叫我怎么离开你哟，离开了我去向何方？

切莫贪看她面颊上的笑靥，那是陷阱，

心儿呵，你去何方，如此行色匆匆？

那欢聚的时光已然逝去，但我还时时忆起，

那可人的娇嗔与愠怒，再到何处寻觅？

呵，朋友，请勿奢望哈菲兹会有宁静与安眠，

哪里有宁静忍耐，哪夜才能合眼？

二

花园中洋溢着热闹的春意，

花儿为动听的黄莺送上春的信息。

晨风呵，如若你轻拂草坪上的嫩绿，

请向翠柏蔷薇与芳草转达我们的情意。

233

如若酒家童子也这样满面春风，

我愿用自己的睫毛扫净酒店前的土地。

呵，你的鬈发的芳香直达月宫，

请别再挑逗我吧，我已深深动情。

有人讥讽嘲笑酒徒嗜饮贪杯，

但我看他们想的怕也是酒肆中一醉。

和真主的信徒为友吧，因诺亚方舟中的泥土，

能经受住海上狂风暴雨的洗礼。

切勿眷恋尘世，也不要去乞求剩饭残羹，

这黑了心的主人[1]一朝会把客人[2]生命断送。

人人最终不过是一抔黄土掩身，

又何必把亭台楼阁修得高耸入云？

我的迦南的明月[3]呵，纵让你成了埃及之主，

但大限一至，你就得离开这牢狱[4]远去。

哈菲兹呵，你可及时行乐狂歌傲饮，

可千万别像别人用《古兰经》欺世骗人。

三

高洁的圣徒，你不要把酒徒妄加指责，

别人的过错不会算作你的过错。

你走开，我是善是恶与你何干？

谁播种什么就收获什么。

不论是醉是醒，人人都把挚友祈望，

不论是清真寺还是修道院都是爱的殿堂。

这是我谦卑的头，那里是酒店门前的砖，

如若有人不满此话，任凭他动手。

1　黑了心的主人：指世界。

2　客人：指世人。

3　迦南的明月：指《圣经》故事中的优素福，他后来成了埃及之王。

4　牢狱：指人世。

不要用永恒的恩惠 [1] 使我感到失望，

你在幕后怎晓得谁个恶劣谁个贤良。

岂止我一人冲出虔诚敬主的帷幕，

我的父辈也早已舍弃了永恒的天堂。

哈菲兹呵，待到末日若高举一杯醇酒，

人们会把你从酒肆直送入天堂。

如若你品质如此，这品质多么美好，

如若你禀性如此，这禀性多么善良。

四

天堂的微风在花园中吹过，

天仙般的女郎与我对坐共酌。

浮云做帐，在垄边把酒宴摆开，

我这乞儿哪点比不过皇家气派？

草坪上已经抽出二月的新绿，

谋虚逐妄，错过眼前天堂岂不过迂。

用醇酒在心中高筑起一座宫殿，

这乖戾的尘世终归用你我的尸土制砖。

不要向对手去祈求恩惠亲善，

修道院的灯岂能把拜殿的蜡烛点燃。

请勿责备我狂饮无度行为放荡，

有谁晓得什么天命写在人的头上。

哈菲兹死后请一定为他送葬，

虽然大罪弥天，他终究还要登上天堂。

五

琴声婉转悠扬，花瓣儿在风中轻荡。

1　永恒的恩惠：指世人死后升入天堂永享幸福。

莫饮那提神的酒，留心狡黠的暗探在旁。

若逢杯盏在手，与挚友共饮对酌，

千万小心，这世道可蓄意把人折磨。

快把酒杯藏在外衣袖口里，

世情如酒徒醉眼，涌起滚滚血波。

让滚滚泪水冲净长衣上的酒痕，

现在，该是克制与忍耐的时刻。

在这颠倒的苍穹之下不必去寻求欢乐，

那酒看来很清，其实是满坛混浊[1]。

青天，多像翻转过来的滴血的筛子，

霍斯鲁[2]的头颅与帕尔维兹王冠碎屑点点撒落。

哈菲兹啊，如今你已经征服了伊拉克和法尔斯，

再向着巴格达与大不里士进发，凭着你优美的诗歌。

六

什么比得上在春天园中与挚友痛饮畅谈？

萨吉，你在何处，莫叫我们望眼欲穿。

但得欢乐时，你应十分珍视，

日后是什么结局谁又能够看穿？

要当心，人的生命不过系于一线，

善自珍重，何必为世事空自愁烦。

生命的泉水和伊甸园的欢乐，不过是

畅饮一杯美酒，流连在小溪岸边。

酒徒的本色从来就是洁身自好，

世事本不由自主，我们为谁而意惹情牵？

1　满坛混浊：喻指人世黑暗。

2　这里的霍斯鲁可能指霍斯鲁一世，即萨珊国王阿努席尔旺（五三一年至五七九年在位）。

住口吧，你如何晓得幕后的奥秘，

挑剔者啊，与知心人为什么要争论一番？

如若奴仆们犯了罪就要重办严惩，

那还说什么主宽宏大量把罪人赦免？

圣徒希冀的是天堂之酒，而哈菲兹却贪杯嗜饮，

看哪个更符合真主的意愿。[1]

七

来呵，萨吉，那酒使人精神振奋神采飞扬，

酒使人慷慨仁义，善良豪爽。

请把酒给我，我如此神情沮丧，

我既不慷慨仁义，也欠善良豪爽。

请递过那酒，借那杯中的影像，

向凯霍斯鲁[2]和贾姆[3]道一声安康。

请把那酒给我，让我以笛音述说，

谁是霍斯鲁，什么人是贾姆席德。

请给我那解难释疑的灵丹妙药，

它使人如努赫[4]般长寿，卡隆般富有。

请把酒递我，好让我为你

把幸福与长寿的门儿开启。

请递给我那玉液琼浆，

让我透过贾姆神杯[5]窥视人间天上。

请给我酒浆，让我凭借杯儿的助力，

---

1 这里喻指虚伪的圣徒的行为有违敬主之道。

2 凯霍斯鲁：传说中的凯扬王朝第三个国土。

3 贾姆：贾姆席德，是传说中的俾什达迪王朝的国王。

4 努赫：《圣经》中的诺亚，洪水灭世后世人的新始祖。

5 贾姆神杯相传是伊朗古代国王贾姆席德的一个酒杯。若倒上酒，杯中便映出世界万象。

像贾姆一样洞悉宇宙奥秘。

让我描述这人生道路的行程，

回首往昔君王消逝的旧梦。

这破烂不堪的世界乃是世人的家园，

阿夫拉西亚伯曾在此构筑宫殿，

如今足智多谋的统帅皮兰何在？

何处寻觅挥舞短刀的勇士席德[1]的风采？

俱往矣，那层楼宫殿已变为一抔黄土，

甚至已无人知晓哪里是他们的坟墓。

那偏僻的荒野本是人们聚居之地，

在那里消失了萨勒姆及土尔[2]的军旅。

萨吉，请递我那酒，让那杯中影像，

向凯霍斯鲁和贾姆道一声安康。

且听那拥有王冠宝座的贾姆的名言，

无常的人世不值一颗大麦，何必贪恋？

请给我那团火，它光彩熠熠，

扎尔多什特[3]在地底将它苦苦寻觅。

请给我那酒，在醉眼蒙眬的酒徒眼中，

不管什么崇拜火焰，还是贪求利禄功名。

来呵，萨吉，只有洁身自好的醉者，

才会来到酒肆，勾留小坐。

请把酒给我，纵让我丑名远扬，

纵让我潦倒不堪，烂醉张狂。

萨吉，请给我酒，酒使我内心燃烧，

雄狮饮下那酒也会在林中奔腾狂啸。

1　席德：阿夫拉西亚伯之子。

2　萨勒姆及土尔：伊朗传说中俾什达迪王朝国王法里东的长子和次子。他们出于对父王三分国土表示不满，设计害死三弟伊拉治，后伊拉治之子玛努切赫尔兴兵击败两个伯父，为父报仇。

3　扎尔多什特：又称琐罗亚斯德，为琐罗亚斯德教创始人。

请给我酒，让我登到虐杀豪杰的天上，

撕碎这老狼[1]捕捉生灵的罗网。

快给我，萨吉，快给我那酒浆，

仙女已在酒中调入天庭的龙涎香。

快给我酒，让我把香料投到火里，

让智慧的芬芳永远充满空际。

请给我酒，萨吉，它使人如君王般自尊，

凭我的心作证，它不染一尘。

请给我那酒，让我哪怕片刻摆脱尘念，

高兴得从地洞[2]昂首云天。

我为何在这些教士群中栖身？

为什么在这里把我身躯囚禁？

请给我酒浆，你会看到我红晕的面庞，

酒使我沉醉，酒使我向你展示智慧之光。

我只要手中高举起一只酒盏，

透过那杯中之影便把大千世界看穿。

一杯醉去，得意得如同一国之王，

一贫如洗也像国君般骄傲欢畅。

烂醉如泥，才无意中道出真情隐义，

人事不省才脱口说中不宣之秘。

哈菲兹呵，你放声高唱一支醉歌，

太白金星在云霄高处也以琴声与你应和。

歌手呵，你在哪里，奏起你激越的清音，

让我们把往昔皇家的乐曲重温。

让我兴高采烈快活一番，

手舞足蹈，挥动着圣徒的破衫。

1　老狼：喻指人世。

2　地洞：喻指人世。

让我们赞颂拥有皇冠宝座的至尊君王[1]，

他是最美好的果实，结在皇家树上。

他是大地之主，是世代的至尊，

是幸运的明月，无往不胜的国君。

由他执政，国基才万年永固，

靠他保护，飞禽游鱼才往来自如。

他是心灵的光辉，幸运者的双眸，

是他赋予慧心人心灵上的财富。

他是传递喜讯的幸福之鸟胡玛，

是吉祥的天使把天音传达。

天地间从未孕育你这样璀璨的明珠，

法里东与贾姆还未曾有过你这样的后人。[2]

亚历山大已逝，愿你常年主宰社稷，

凭你的心灵智慧把奥秘洞悉。

这世道千方百计把世人折磨，

我一醉不起，迷恋情人的秋波。

这世道今天用刀把这个人砍杀，

明天又提起笔来把另一个人勾划。

歌手呵，请奏起你新编的歌，

用鲁德琴向挚友把心事述说。

终有一日我与对手会一见高低，

天外飞传苍天助我的信息。

歌手呵，请奏一曲欢快的旋律，

唱一支有头有尾动人的歌曲。

我身负太多的忧愁，难以举步，

请高奏一曲伴我翩翩起舞。

歌手呵，请弹奏起你的鲁德，

---

1 至尊君王：指伊朗古代国王大流士。

2 从这两句诗开始可能转而歌颂当时的当政者。

奏一支过去的皇家之歌。

让那歌使已逝的王公贵胄感到欢乐，

以那歌怀念帕尔维兹和巴尔巴德[1]。

歌手呵，请你弹奏起一支歌曲，

倾听幕后人[2]告诉你几许秘密。

歌手呵，你要欢快地放声歌唱，

唱得太白金星也手舞足蹈情绪激昂。

请弹奏起乐曲，苏菲已然入迷，

他们已然人事不省昏昏醉去。

歌手呵，请敲起手鼓，拨动琴弦，

高歌一曲，让那歌声清越婉转。

人世从来欺骗世人，这已不是秘密，

且看它还在孕育着什么阴谋诡计。

歌手呵，我如此忧伤，请奏起双弦，

赞颂一主的圣灵，把琴弦轻弹，

我看到人世本来就是这般模样，

不知它还要把什么人埋葬。

看那祆教教徒燃起了火焰，

不知他要把谁家的灯点燃。

在这鲜血淋漓的人世之上，

权且在杯中斟满那血色的琼浆[3]。

以歌声向醉者致以问候，

也安慰那些已经逝世的朋友。

张鸿年　译

1　巴尔巴德：帕尔维兹宫廷的歌手及诗人。

2　幕后人：指真主。

3　血色的琼浆：指红色的酒。

贾米

（一四一四年至一四九二年）

　　贾米，全名努尔·丁·阿卜杜·拉赫曼·贾米，是苏菲哲学家和文学家。贾米生于一学者家庭，年轻时加入纳格什班迪耶教团。贾米一生的作品超过四十部，是一名多产的作家。这些作品体裁多样，包括苏菲哲学散文、传记、诗歌等。在文学上，贾米的叙事诗《七宝座》师承内扎米的《五卷诗》，诗散一体的《春园》则效法萨迪的《蔷薇园》，但这些作品多在形式和主题上相似，而贾米在内容和写作手法上皆融入个人特色，有所创新。因此，贾米被称为波斯中世纪文学的"封印诗人"，他的作品既是持续了五个世纪的波斯古典文学的集大成者，也标志着这一繁荣时期的终结。

优素福与佐列哈（节选）

兄弟们对优素福心怀妒意并设计把他逐出迦南[1]。

他[2]庭院中有一棵大树，

那树枝繁叶茂预示平安吉祥。

树梢已经直插蓝天青云，

一群群麻雀日日树梢上栖身。

每当真主赐给他一个贵子，

那神树般的树上就出现一番异象。

就见那树上必然生出新枝，

新枝与婴儿一同茁壮成长。

日月如梭，当那孩子长到成年，

那枝条也就变成了他的手杖。

优素福虽福广运旺，出生后大树未现异象，

老枝旁并不见新枝生长。

他父亲为他向真主苦苦哀求，

祈求真主开恩将优素福保佑。

一位天使送来一根翠玉般的手杖，

那是天国神树上的枝条。

自从优素福得了这无价之宝，

嫉妒者[3]恨得断背折腰。

他们一个个都心怀叵测，

好似心田结出嫉妒的毒果。

---

1 迦南：巴勒斯坦古称。

2 他：指优素福的父亲亚古伯。

3 嫉妒者：指他的众兄弟。

优素福梦到日月星辰向他礼拜：

一天夜里优素福在父亲身边，

亚古伯眼望爱子心中喜欢。

他闭上双眼，悠然一觉睡去，

睡着了还听到他阵阵笑声响起。

当优素福睁开一双水灵的杏眼，

满面春风，显露出他青春的颜面。

父亲告诉他，他睡后嘴还在动，

不知何故竟然笑出了声。

他回答说，我做了一个奇梦，

梦到光辉的日月还有十一颗星星。

父亲忙说："住口，你快快住口，

此梦详情可不要对外人透露。

千万不能让弟兄们得知此梦情形，

否则，他们会心生妒意对你百般欺凌。"

父亲虽然是千般叮咛万般嘱咐，

但那秘密却似风一样向外透露。

优素福居然向一个兄弟提起此梦，

而他又立即向其他兄弟透露了详情。

弟兄们带优素福去郊外并把他推入井中。

父亲把优素福交给豺狼般的兄弟，

狼欺羊，自古这本属天经地义。

当着父亲的面一个个对他和蔼可亲，

他们互相比着向他频献殷勤。

可是刚一走到野外荒郊，

便一个个翻脸对他又狠又刁。

他们一拥而上把他掀翻在地，

他就跌倒在杂草乱石丛里。

他流着泪向他们一个个祈求哀告，

他们嘲笑他，一人踢他一脚。

他呻吟呼喊，请求他们开恩，

得到的回答却没有半点温存。

他最后丧失了希望失声痛哭，

双眼中的滴滴血泪落入黄土。

哭着求着，又走了一段路程，

苦求无益，兄弟们心肠铁硬。

他好言央告，心中怀有希望，

兄弟们要恶语相加，生就铁石心肠。

渐渐地他们接近了一口水井，

于是在井旁停下，不再前行。

井口黑洞洞的煞是怕人，

往下望去，令人眼花头昏。

他们七手八脚把他衬衣扒掉，

似把花萼剥离花瓣，全身精赤条条。

至复活日他们在自身烙下耻辱的印记，

为自己缝制了一件耻辱的外衣。

然后把他头向下吊入水井，

刚放下一半就把他抛入水中。

井下水面上恰巧有块石头，

他脚踩石头总算暂时得救，

他的容颜放射光辉照亮了井水，

似月亮向大地洒满清辉。

　　一支商队从井旁经过，救出优素福，兄弟们把他卖给商队。

那如月的人在井下一连三天，

入夜，便似神月[1]把井下照得光辉灿烂。

斗转星移，转瞬到了第四天，

优素福即将在井下度过第四个夜晚。

从麦达因来的一个商队经过这里，

他们财运兴旺，此行奔赴埃及。

那商队就停驻在那口井旁，

为过夜休息解开随身的行囊。

他们在井边支起过夜的帐篷，

想打水几个人直奔水井。

一个人交了好运，迈步到了井沿，

到井沿为的是汲取清冽甘泉。

他向那如夜的黑洞洞的井中，

投下了自己的汲水的水桶。

这时，哲布拉依天使对优素福说："快起！

把水装到干渴人的桶里，

你要坐到那汲水的桶中去，

似一轮明月悠悠地由东向西。"

优素福登时清醒，一跃而起，

随着水流便坐到了桶里。

似一轮明月从井底上升，

灾难解除之后便逢到顺境。

那提水人悄悄地把他带进帐篷，

把他交给伙伴，讲述了经过情形。

那班心怀妒意的兄弟还守在近旁，

他们悄悄地来到井沿之上。

1　神月：指八世纪伊朗起义领袖本·阿塔（蒙面人）为鼓动群众在霍拉桑西亚姆山上的一口井中制造的一种幻象。相传在两个月内，每晚均有月亮自井中升空，照亮周围数十里。后人认为这一月亮实为一水银盘。本·阿塔自称要为伊朗起义领袖阿布·穆斯林（为阿拉伯统治者所杀）复仇，遂聚众造反，于七八五年事败自焚。

到了井上，他们呼叫优素福数声，
但得不到回答，井下无人应声。
他们循路找到商队驻地，
前去寻找要回他们的兄弟。
他们多方寻找，逢人打听，
终于找到了，他就在商队之中。
他们说，我们前来把他寻找，
他是我们的仆人但不尽职效劳。
他做事不勤为人又不可靠，
总想投奔他乡背地潜逃。
我们对他实在无法管教，
想作个价儿，把他卖掉。
这时，那个把他从井下捞上之人
出了几个银钱为他解脱赎身，
马列克就是那买人者的姓名，
他买下优素福做自己的仆人随从。
以后，那商队的人又收拾行囊，
向着埃及，骑上牲口奔赴前方。

埃及妇女对佐列哈议论纷纷，佐列哈一气之下，进行报复。
埃及妇女因贪看美貌的优素福在削水果皮时误削自己的手指。

爱情与平静原是水火互不相容，
名声扫地本应在情人的意料之中。
爱的痛苦因讥讽而更加深重，
议论纷纷反而使情人因而出名。
谴责议论是情场上的警探，
谴责议论能除却爱情的锈斑。
当人们得知佐列哈这段隐秘，
便纷纷扬扬，讥讽之声四起。

埃及妇女得知佐列哈如此这般，

便背地里窃窃私议，指指点点。

她们把她的长处短处数落一番，

没有多少好话，不过是讥讽之言。

说她如今可不顾名声羞耻，

爱上了一个犹太奴仆如醉如痴。

"真奇怪，怎么会爱上了一个奴隶，

这不是丧失理智吗，实在离奇。

可是那个奴隶对她居然十分冷淡，

不与她来往，不与她对坐攀谈。

他对她连看都不看上一眼，

也不与她一道散步，不与她倾心交谈。

她这厢痛苦心焦，他一旁开颜欢笑，

她把门儿敞开，他却把门儿关掉。

如果那漂亮的人儿见到我们，

一定会满心喜欢，一见倾心。"

爱与不爱并不取决于人意，

倾心与否，那原因真是复杂离奇。

一人若是五官端正，相貌忠厚善良，

但人们可能并不为他动心牵肠。

但人们若见一个风骚的吉卜赛女人，

人们可能情发于中，为之动心。

当佐列哈得知人们窃窃私议，

心想报复，这可真的触动了她的怒气。

她吩咐举行一个盛大宴会，

请埃及的妇女们光临出席。

于是埃及的名媛淑女聚在一起，

她们坐在织金的坐垫与靠垫里。

席上罗列着一应珍肴美味，

她们彬彬有礼，文雅地交谈应对。

少时间菜过五味酒过三巡，

佐列哈开口感谢赏光的客人。

她事先做了安排设了圈套，

给每位客人一个香橼一把小刀。

把一把把小刀递在客人手中，

又把可爱的香橼向客人奉送。

这时她开口说道："我娇贵的客人，

感谢你们赏光出席今天的欢宴。

可是，你们为什么使我如此伤心，

责备我爱上了一个犹太仆人？

假如你们见到他容光焕发的模样，

见到他的模样，就会把我原谅。

如若你们认为没有什么不便，

我就把他请出与你们见上一面。"

妇人们连忙答道："我们唯一的心愿，

也是能有缘一睹他的容颜。

请赶快让他出来与我们相见，

让他走过我们身旁，实现我们的夙愿。"

佐列哈连忙起身去找优素福，

来到他的住处亲切地开言嘱咐。

她落泪开言："我眼中的光芒，

想起你，我受伤的心立即欢畅。

由于爱你，人们对我议论纷纷，

指责讥讽，我再也无脸见人。

今天，愿你不再把我视为轻贱，

不要在埃及妇女面前使我羞愧无颜。"

那优素福从角落里的小屋，

迈步走出，像是娇艳的鲜花一朵。

埃及妇女一见他那如花似玉的面孔，

看得呆了，一个个目不转睛，

他的美貌使妇人们暗暗吃惊，

直看得三魂出窍，木然不动。

事先她们都把香橼拿在手里，

拿了香橼为的是削去果皮。

但是，出神之际香橼纷纷失手落地，

这时只见她们用刀削自己手指的皮。

佐列哈对她们说："这就是那冤家，

我受尽讥讽嘲笑全是为了他。

如果今后他仍然不肯就范，

我就下令把他投入狱中，做个囚犯。"

这时，那些削了自己手指的人，

完全丧失了理智，丢失了三魂。

她们在优素福爱情之剑下只能低头，

无法离开宴席，无力起立行走。

她们一个个成了全无理智之人，

见那美貌男子便如疯子一样倾心。

她们终于从爱的梦幻中苏醒，

可是立即陷入爱情的苦痛。

终于她们无奈把优素福放开，

她们无缘无福长睹他动人的风采。

　　后佐列哈果然命人把优素福关入监狱。这时国王做了一个噩梦。经请人圆梦，只有优素福能解释说这一梦预示全国要陷入饥荒。国王因见优素福聪明能干，遂把王位让他。佐列哈因国王逊位，她也不再是王妃，便流落到宫外，但仍不忘情于优素福。由于日夜思念痛苦，很快发白背弯，双目失明，变成一个老妇人。一日，她拦阻优素福仪仗，想见优素福。优素福认出是她之后，便为她向真主祈求，使她恢复了青春。

　　对情人，能找到可心的情侣是最大的满足，

世上还有什么比这更大的幸福。
情意缠绵，在幽会处倾心长谈，
情侣间密谈能解脱心头愁烦。
厮守着意中人款款道出自己的心曲，
柔情蜜意中把历历往事回忆。

且说优素福离开卫士仪仗，
来到后宫，那里是他的住房。
这时，那拦阻道路的年迈妇人，
还等候在他宫殿的大门。
优素福吩咐去问她有何要求，
满足她的要求，尽早打发她走。
左右回话："她可不是市井寻常妇女，
她不愿对我们表明她的来意。"
优素福说："你们叫她进宫见我，
让她亲自把要求对我述说。"
她被允许入宫，便像个年轻的舞女，
踏着轻快的舞步来到宫里。
她面如鲜花，又似蓓蕾初绽，
含笑祝福优素福福寿延年。
优素福见她如此欢笑暗自吃惊，
忙开口动问她的家乡姓名。
她答："我就是那倾心于你的人，
有了你，我鄙视世上一切荣华奇珍。
为了你，我挥霍尽所有的金银珠宝，
倾心于你，我把心与命一概不要。
为了你，我捐弃了自己锦绣青春，
如今，变成了个伛偻的老人。
你日日怀抱着貌美倾城的女郎，
早已把我这样的人忘到一旁。"

优素福闻言已知她是什么人，

不由得眼中流泪，心生怜悯。

他说："佐列哈呵，你这是什么模样？

你怎么会落到如此这般下场？"

她听到"佐列哈呵"一声呼叫，

立即人事不省，平地跌倒。

她内心一阵昏迷，似痛饮烈酒，

优素福的呼唤使她暖在心头。

当她渐渐苏醒，又恢复了理智，

优素福才开口，提起了往事。

他问："如今为何不见你娇艳的容颜？"

她答："是离愁别恨把我摧残。"

他问："你的端庄的身躯为何伛偻？"

她答："压弯身躯的是思念你的烦忧。"

他问："你的双眼为何变得黯淡无光？"

她答："为你而血泪终日流淌。"

他问："你如今来此要求什么，

谁能给你帮助，请对我说。"

她说："我过去的容貌你曾看到，

如今，我要我过去的青春和美貌。

此外，我要能看到你的一双眼睛，

让我再有幸目睹你如花的面容。"

这时，优素福向真主祈求佑助，

虔诚的语句似生命甘泉从他口中涌出。

顿时，她憔悴之态消失，容颜恢复，

青春的红晕又在她的双颊上透露。

逝去的艳丽的姿色终又重现，

她又变为女中魁首无限娇艳。

樟脑般的白发又变得油亮乌黑，

似白日逝去，夜幕低垂。

眼中的白障已渐渐退去，

一缕光芒又在她双眼里凝聚。

翠柏般的身躯已不再伛偻，

如银的细肤上消失了斑纹褶皱。

优素福见她已恢复了青春，便对她说：

"现在请讲，你还期望什么？"

佐列哈说："如今我只剩一桩心愿，

愿与你婚配联姻，结为亲眷。

让我白日天天看着你在我身边，

让我夜夜把你服侍陪伴。

伴随着你，如同大树下乘凉，

轻轻一吻，如同从你唇上吮吸蜜糖。"

优素福听她表明了自己的心意，

不禁内心踌躇，低头不语。

他看出了她的期望如此热切，

虽未表赞同，但也不便立即拒绝。

正在他下不了决心，犹豫之时，

听到了哲布拉依天使开言。

哲布拉依天使传达了真主的旨意，

说："尊贵的国王，请留心记取，

我们看到了佐列哈陷入了窘境，

听到你为她祈祷，敬求天庭。

她的可怜无助的祈求激起层层波浪，

层层波浪汇成宽恕的海洋。

切勿再以失望之剑刺伤她的心，

真主赞许你与她婚配成亲。"

张鸿年　译

春园（各章节选）

第一个花园

在香草的芬芳中，采摘自那些在引导道路上有远见的，以及神圣宫廷首脑的果园中。

啊，太阳，无人像你一样游走世界，
我们沿着这条路前进，你带来恩赐，
今日你遇见谁，谁又正在爱的路上，
他的脸上有尘土，心中有痛？

第二个花园

养育哲理的精妙的丽春花，用慷慨之云的水滴，从哲人们心灵的领地和思想的土壤中长出，通过描述来装点哲人们卷起的书页。

莫要被财产迷惑，如无知之人，
因那财产如飘散的云朵。
飘散的云朵即使会落下珠宝的雨滴，
智慧之人也会对此无动于衷。

第三个花园

讨论涵盖了政权和行政机构的花园中花朵的绽放，那里结着公平和公正的果实。

从智者的嘴里冒出的每一句格言，就好似珠玉，
多么愉悦啊，他用珠玉的宝藏制造心胸的首饰盒。
智者，就是哲学宝库的珍宝，
莫把自己与那个宝库分离。

第四个花园

关于描写慷慨和魅力的花园里树木的硕果累累，以及它们的
落花作为第纳尔和迪纳姆的馈赠。

人的价值不是基于银和金，
人的价值依据力量和德行。
啊，许多奴隶因追求美德，
他的力量强过许多主人。
没有美德的许多主人，却成
自家奴隶道路上的旅客。

第五个花园

叙述爱情草坪上夜莺的状态，以及热情而诚挚的鸟群的翅膀
的灼热。

花朵从花园离开，我拿荆棘和枯枝做何用？
国王不在城中，我拿守夜人做何用？
美人儿是笼，笼中的鹦鹉是美人儿的美妙，
当鹦鹉飞走，我留笼子做何用？

第六个花园

　　在抚爱的微风和玩笑的香气吹动下，嘴唇的蓓蕾绽放，心中的花朵盛开。

没有人比无知的人更好地了解无知，
尽管他在知识上多过伊本·西拿。
不要嘲笑盲人，哎，用眼睛迈步的人，
因为盲人对于自己的事情一目了然。

第七个花园

　　有关能说会道的庭院里精通诗韵的鸟儿，以及传播诗歌的甘蔗种植园里抒情诗人鹦鹉的故事。

没有什么情人好似诗歌，
美好的秘密不超越文字。
对她的忍耐不易，对她的慰藉艰辛，
尤更当你要追寻真心。
把韵律当荣誉袍来爱抚，
用尾韵来装扮她的衣裙。
成排韵脚装饰双足圆镯，
在前额印上幻想的痣点。
那面庞因比喻美如明月，
带走理智，让人误入歧途。
秀发因双关语一分为二，
分隔的空间扎起两束发辫。
同韵词如玉珠撒落唇畔，
麝香味的鬈发悬吊宝石。

眼睛因隐喻而蒙眬迷离，

向惊恐的人群投以诱惑。

面庞上垂下暗喻的鬈发，

真理飞起而帐幕则留下。

第八个花园

有关几个不会说话的动物的故事。智者和有洞察力的人以它们为原型进行创作，以此来展现大自然的罕见和神奇，开启哲学和正确理解的大门。

当狐狸在狮子的丛林里，

他不被豺狼之爪伤害的可能就会增加。

家乡毗邻大人物的人们，

必能远离欺凌弱小者，获得安宁。

沈一鸣　译

编后记

二〇一六年我加入"'一带一路'沿线国家经典诗歌文库"课题组，负责波斯古典诗歌部分的编纂工作。波斯古典诗人群星璀璨，作品浩如烟海，如同一座取之不尽的宝库。作为波斯文学的爱好者和研究者，非常希望借此机会将波斯古典文学的经典作品以及改革开放三十多年来波斯文学的译介成果介绍给中国读者。但面对浩瀚的波斯古典诗歌，如何选取诗人及其代表作着实使笔者为难了。

好在有张鸿年教授的《波斯文学史》。张鸿年教授是北京大学波斯语言文学专业的创始人之一，也是中国最早的波斯文学的译介者和研究者之一。他不仅勤耕不辍，翻译和出版了大量的波斯古典诗歌，同时还出版了研究性著作《波斯文学史》等，为波斯文学在中国的推广和繁荣起到了领航人的作用。笔者在此基础上，以《波斯文学史》中介绍的诗人为纲，以张教授主持编译的《波斯古代诗选》为材，并结合近期学者的最新翻译成果，校对和编纂了这部波斯诗集。本集所录诗歌全部直接从波斯语原文直译，意在让读者体验波斯诗歌的原汁原味。因此，这部诗集集中了中国老中青三代波斯诗歌译者的翻译作品，包括张鸿年、穆宏燕、王一丹、刘英军、沈一鸣等。

自本诗集开始编纂直至今日成稿，其间经历了美国对伊朗的制裁加剧、新冠肺炎疫情暴发等事件。然而，即使面对这些挑战，中伊关系仍延续着自古至今的互相信任，始终稳固。如今，随着波斯语和波斯文学在中国的普及，有越来越多的中国译者加入到波斯文学的翻译和传播之中。由于篇幅有限，很遗憾本诗集无法囊括所有波斯文学的译介作品。希望借此诗集，能够吸引更多的读者关注和喜爱波斯文学，增进中伊两国的交流和理解。

沈一鸣，2022 年 9 月，北京

总　跋

　　经过两年多时间的筹备与组织，"'一带一路'沿线国家经典诗歌文库"终于陆续付梓出版，此刻的心情复杂而忐忑，既有对即将拨云见日的满满期待，更有即将面见读者的惴惴不安。

　　该项目于二〇一五年下半年开始酝酿，其中亦有不少波折和犹疑。接触这个项目的所有人都无一例外地认为，这是应该做而且只有北大才能做的事情，也无一例外地深知它的难度。

　　"一带一路"跨度大、范围广，多语言、多民族、多宗教、多文明交融，具有鲜明的文化多样性特征。整个沿线共有六十余个国家，计有七十八种官方或通用语言，合并相同语言后仍有五十三种语言，分属九大语系。古丝绸之路尽管开始于政治军事，繁荣于商旅交通，但其更重要的意义在于促进了人类文明的交往。它连接了中国、印度、波斯和罗马等文明古国，跨越埃及文明、巴比伦文明、印度文明、中华文明的发祥地，是东西方文明交流互鉴的重要通道。

　　如何更好地展现"一带一路"沿线人民的文化特质和精神财富，诗歌无疑是最好的窗口。诗歌是文学王冠上的明珠，精敛文学之魂魄，而经典诗歌则凝聚着各个国家民族的文化精神和文化理想，深刻反映沿线国家独有的价值观和对世界的认识。长期以来，中国学界和出版界一直比较重视欧美发达国家诗歌的译介与研究，对发展中国家尤其是一些弱小国家的诗歌研究存在着严重忽略的现象。我们希望通过对"一带一路"沿线国家经典诗歌的研究，深刻地了解一个国家，理解它的人民，与之建立互信，促进国内学界对"一带一路"沿线国家文学、文化和文明的了解，弥补我国诗歌义化中的短板，并为中国诗歌走向世界提供思路和借鉴，从而带动与"一带一路"沿线国家的深层次交流，为中国的对外交往和"一带一路"倡议的实施提供人文支撑。

北京大学外国语学院组织国内外相关领域的专家学者，于二〇一六年一月，正式启动"'一带一路'沿线国家经典诗歌文库"项目。该项目以北京大学人文学科的优良传统和北大外语学科的深厚积淀为基础，以研究和阐释"一带一路"沿线国家厚重的历史、文化内涵为己任，充分发挥本学科在文学、文化研究领域的传统优势和引领作用，积极配合和支持国家的"一带一路"倡议，为中外优秀文化的研究、互鉴和传播做出本学科应有的贡献。

北京大学外国语学院牵头组织的"'一带一路'沿线国家经典诗歌文库"项目，旨在翻译、收集、整理和编辑"一带一路"沿线六十余个国家的诗歌经典作品，所选诗歌范围既包括经典的作家作品，也包括由作家整理的、具有广泛影响力的史诗、民间诗歌等；既包括用对象国官方语言创作的诗歌，也包括用各种民族语言创作、广泛传播的诗歌作品。每部诗集包括诗歌发展概况、诗歌译作、作者简介等三个部分。

在此基础上，形成由五十本编译诗集构成的"'一带一路'沿线国家经典诗歌文库"第一批成果，这将弥补中国外国文学界在外国诗歌翻译与研究方面的不足，特别是对部分"一带一路"沿线国家的经典诗歌开展填补空白式的翻译与原创性研究工作具有重大意义，同时对沿线诸多历史较短的新建国家的文学史书写将具有十分重要的价值。

该项目自启动以来，先后成立了编委会和秘书组，确定项目实施方案、编译专家遴选以及编选的诗歌经典目录，并被确定为北京大学一百二十年校庆的重要出版项目之一，得到学校、校友及社会各界的大力支持，建立起以北京大学外国语学院为核心，汇集国内外相关领域知名专家学者、翻译家的翻译、编辑团队，形成了一个具有高度共识和研究能力的学术共同体。

在这个共同体中的每个人都是幸福的，与诗为伴，以理想会友，没有功利，只有情怀。没有人问过我们为什么要做，每个人只关心怎样可以做得更好。无论是一无所有之时还是期待拿到国家出版基金支持之日，我们的翻译团队从没有过犹豫和迟疑，仿佛有没有经费支持只是我一个人需要关心的事情，而他们是信任我的。面对他们，我没有退路，唯有比他们更加勇往直前。好在我一直是被上苍眷顾和佑护的人，只要不为一己之利，就总能无往不胜。序言中，赵振江教授说了很多感谢的话，都代表我的心声，在此不再重复。我想说的是，感谢你们所有人，让我此生此世遇见你们。如果可以，我还想在此感谢我的挚爱亲人，从没有机会把"谢谢"说出口，却是你们成就了今天的我。

希望通过我们台前幕后每一个人的努力，把"'一带一路'沿线国家经典诗歌文库"项目打造成沿线国家共同参与的地域性的文化精品工程，使"文库"成为让古老文明在当代世界文化中重新焕发光彩、发挥积极作用的纽带和桥梁。

人也许渺小，但诗与精神永恒。

宁　琦

写于二〇一八年"文库"付梓前夜

北京

图书在版编目（CIP）数据

波斯诗选 / 沈一鸣编；张鸿年等译 .-- 北京：作家出版社，2022.12

（"一带一路"沿线国家经典诗歌文库 . 第一辑）

ISBN 978-7-5212-1778-0

Ⅰ.①波… Ⅱ.①沈…②张… Ⅲ.①诗集 – 伊朗

Ⅳ.① I3732

中国版本图书馆 CIP 数据核字（2021）第 275716 号

波斯诗选

主　　编：赵振江

副 主 编：蒋朗朗　宁　琦　张　陵　黄怒波

编 译 者：沈一鸣编　张鸿年等译

选题策划：丹曾文化

特约编审：懿　翎

责任编辑：徐　乐

装帧设计：曹全弘

出版发行：作家出版社有限公司

社　　址：北京农展馆南里 10 号　　　邮　　编：100125

电话传真：86-10-65067186（发行中心及邮购部）

　　　　　86-10-65004079（总编室）

E-mail:zuojia @ zuojia.net.cn

http://www.zuojiachubanshe.com

印　　刷：河北鹏润印刷有限公司

成品尺寸：160×240

字　　数：399 千

印　　张：17.75

版　　次：2022 年 12 月第 1 版

印　　次：2022 年 12 月第 1 次印刷

ISBN 978-7-5212-1778-0

定　　价：68.00 元